Collection Thé
dirigée par Ch

Lorenzaccio

Alfred de Musset

Présentation et interviews
par Christine Géray et
Catherine Vandel-Isaakidis

Hatier

ISBN 2-218-**06858**-3

Lorenzaccio

ALFRED DE MUSSET

« *Je ne voudrais pas écrire, ou je voudrais être Schiller ou Shakespeare.* »

Cette phrase lapidaire d'un adolescent en mal d'absolu deviendra l'emblème de toute une vie. Comment ne pas être frappé, en effet, par la façon dont Musset s'est toujours engagé totalement ?

C'est qu'il n'a pas le sens — ou la patience — de l'acceptation et des demi-mesures. L'échec signifie pour lui le renoncement ; ainsi en est-il de sa passion pour le théâtre : le jeune homme de vingt ans reçoit comme une marque infamante l'insuccès de sa première pièce, *La nuit vénitienne.* Il décide de ne plus affronter ce public qui l'a bafoué. Ses pièces, il les réservera désormais aux esprits raffinés qui sauront s'en délecter dans l'intimité de leur boudoir.

Alors, à quoi bon répéter que *Lorenzaccio* est le chef-d'œuvre du drame romantique, le seul qui égale Shakespeare, quand celui qui l'a si fiévreusement porté en lui est mort presque oublié sans l'avoir jamais su ?

Certes, Musset a eu du succès. Brillant, séduisant, tendre, capricieux, égoïste et généreux, « l'enfant terrible du romantisme » a incarné la jeunesse de son époque aux élans brisés. Mais comment se satisfaire d'être pour les autres un symbole quand, de toute part, on échappe à soi-même ? Tragédie douloureuse entre toutes que celle d'une vie qui se disperse en mille ruisseaux contraires quand tourbillonne dans la tête un carnaval d'étranges figures. Lorenzo-Alexandre-Tebaldeo-Scoronconcolo... Une farce monstrueuse où tout se brouille. Une comédie où ricanent les visages de la mort.

Soyons égoïstes, pour ne pas dire cyniques. Tant mieux pour nous si Musset s'est perdu et s'il n'a eu pour seul recours que de projeter ses fantômes sur un théâtre imaginaire. Remercions cette alchimie miraculeuse qui en a fait des personnages intouchés par le temps, superbes et fascinants. Et que Musset soit enfin heureux : qu'il sache qu'il a atteint l'absolu.

LE DRAME ROMAN

SA GENÈSE

« La jeunesse en France veut une révolution théâtrale », proclame le premier octobre 1825 le journal *Le Globe.* En effet, tout le monde le constate : les théâtres sont devenus des lieux d'ennui où se perpétue une tradition classique complètement inadaptée aux aspirations du moment.
Dans le même esprit, Stendhal déclare en 1823 dans *Racine et Shakespeare* : *« Rien ne ressemble moins que nous aux marquis couverts d'habits brodés et de grandes perruques noires, coûtant mille écus, qui jugèrent vers 1670 les pièces de Racine et de Molière. »*
L'époque nouvelle réclame un théâtre nouveau, et le Romantisme s'affirme comme un rajeunissement de la littérature.
Il est vrai que d'énormes bouleversements ont ébranlé la société française depuis la fin du XVIIIe siècle. *« De mémoire d'historien, jamais peuple n'a éprouvé, dans ses mœurs et dans ses plaisirs, de changement plus rapide et plus total que celui de 1770 à 1823 ; et l'on veut nous donner toujours la même littérature ! »* s'indigne Stendhal.
Il faut être « moderne », proposer aux spectateurs des sujets qui les intéressent, modelés dans une forme théâtrale qui les divertisse et les émeuve. Or, représenter sur scène la réalité contemporaine n'est pas sans danger. On risque, d'une part, de ne pas répondre au besoin d'émerveillement et de dépaysement qui attire le public et, d'autre part, de se heurter à la censure, tyrannique en ces temps troublés. Le recours à l'Histoire contourne cette double difficulté et les Romantiques y perçoivent la source d'une rénovation théâtrale possible.

SES ÉLÉMENTS

Le drame romantique est un drame historique, dont le dessein est de brosser un tableau à la fois fidèle et

QUE EN FRANCE

complet d'un pays donné, à une époque précise de son histoire : la révolution d'Angleterre, dans *Cromwell* et l'Espagne de Charles Quint, dans *Hernani* de Victor Hugo ; Florence au XVIe siècle, dans *Lorenzaccio* de Musset ; l'Angleterre bourgeoise du XVIIIe siècle, dans *Chatterton* de Vigny.

Les auteurs se livrent à une reconstitution minutieuse des lieux, traduisent leur souci d'exactitude dans les décors et les costumes. Ils mettent en scène un grand nombre de personnages qui représentent les milieux les plus divers de la société, mais qui se singularisent par leur histoire individuelle, leurs intérêts particuliers, leur tempérament spécifique. Ils les lancent dans des intrigues compliquées, riches en rebondissements et en coups de théâtre, où s'affrontent destins individuels et forces de l'Histoire. Cependant, cette volonté d'exactitude n'exclut pas un certain gauchissement et même une dénaturation des faits relatés, lorsqu'il paraît important de révéler certaines intentions laissées dans l'ombre par les actes. L'anachronisme est parfois utilisé pour « actualiser » ou théâtraliser telle situation, ou pour lui donner une dimension éternelle.

Le drame romantique est aussi une méditation sur le présent. Ses auteurs ne choisissent pas n'importe quel moment de l'Histoire. Ils s'attachent aux époques qui présentent des analogies avec leur temps. L'Angleterre du milieu du XVIIe siècle que peint Hugo dans *Cromwell* ressemble aux dernières années de la Restauration où tous les partis politiques s'agitent de façon brouillonne et inefficace. Les républicains que Musset met en scène dans *Lorenzaccio* sont tout aussi incapables d'instaurer la république à Florence après l'assassinat du duc que les révolutionnaires, en France, après les journées de 1830. Quant à la faiblesse et à la corruption de la monarchie espagnole que dénonce *Ruy Blas*, elles reflètent bien l'essoufflement et l'absence de prestige de la Monarchie de Juillet fustigée par Hugo. Les dramaturges vont jusqu'à défigurer la réalité historique : Musset avance la mort de son héros de plus de douze ans pour donner au drame plus d'intensité ; Hugo fait étrangement ressembler Cromwell à Napoléon, et Vigny fait de Chatterton, pamphlétaire vendu à tous les partis, le symbole du poète le plus pur.

L'Histoire ne serait qu'une abstraction si elle ne s'incarnait dans des personnages. C'est par eux que s'opère le glissement du passé vers le présent. Lorenzo ressemble à Musset, Chatterton à Vigny.

Ce qui, en dernière instance, intéresse les Romantiques, c'est l'individu face à l'Histoire ; il en dénonce les scandales et en infléchit le cours dans un élan de générosité passionnée. Sensibles et exaltés, les héros romantiques vont jusqu'au bout de leur destin pour faire triompher la cause d'une humanité qui, non seulement reste sourde à leur appel, mais, le plus souvent, les méprise et les condamne.

C'est là tout le drame du héros romantique. Solitaire, tourmenté, incompris, il n'a pas sa place dans la société, et son rêve de justice et de bonheur sombre avec lui dans le doute ou dans la mort.

SON ÉCRITURE

Un mot symbolise l'écriture romantique : liberté. Les interdits, les contraintes sont dénoncés comme autant d'entraves au génie créateur qui doit s'épanouir en toute sérénité. C'est pour cette raison qu'il est quasi impossible de définir les règles strictes du drame romantique comme on le fait, par exemple, pour la tragédie classique ; il est même difficile d'en énoncer des constantes, on peut seulement indiquer des tendances.

LE MÉLANGE DES GENRES : Stendhal croit difficile de mêler, dans une même pièce, l'intérêt passionné que suscite le tragique et la curiosité amusée que provoque le comique. Hugo, au contraire, considère que seul le mélange des genres peut traduire la complexité de la vie et les contradictions de la réalité. Il écrit dans la *Préface* de *Cromwell* : *« La muse moderne* [...] *sentira que tout dans la création n'est pas humainement beau, que le laid y existe à côté du beau* [...] *Elle se mettra à faire comme la nature, à mêler dans ses créations* [...] *l'ombre à la lumière, le grotesque au sublime, en d'autres termes, le corps à l'âme, la bête à l'esprit. »* Et, plus loin : *« Ainsi César dans le char du triomphe aura peur de verser. Car les hommes de génie, si grands qu'ils soient, ont toujours en eux leur bête qui parodie leur intelligence. C'est par là qu'ils touchent l'humanité, car c'est là qu'ils sont dramatiques.* » Hugo résume sa pensée dans la *Préface* de *Ruy Blas* : « *Le drame tient de la tragédie par la peinture des passions et de la comédie par la peinture des caractères.* »

LA LANGUE ET LES DIALOGUES : Au nom du naturel et du contact direct avec le plus large public auquel il faut plaire, Stendhal pense que la prose convient mieux à ce nouveau théâtre, que le vers est un obstacle à la véritable émotion.
Hugo, pour sa part, craint que la prose n'enlève au spectacle de sa grandeur et de son mystère. C'est que le drame romantique ne saurait se confondre avec la représentation de la vie, commune et banale, telle que s'y intéresseront les romanciers naturalistes, par exemple. S'il met aussi en scène des gens du peuple, ses héros n'en sont pas moins des hommes qui, par leur force de caractère et leur ténacité, se hissent au-dessus des autres. Il faut donc que leur langage communique au spectateur la puissance du souffle qui les anime. Aussi Hugo recommande-t-il l'usage du vers qui lui semble être un rempart contre la banalité. Pour lui, le culte du mot juste, même vulgaire, et l'emploi du vers sont les deux faces paradoxales de la même réalité : « l'art ». Le conflit du vers et de la prose n'est cependant qu'apparent. Au fond, tous les créateurs romantiques sont d'accord : la beauté de leurs œuvres exige une langue soutenue où se mêlent lyrisme et grandeur épique.

LES TROIS UNITÉS : En revanche, tous condamnent les unités de lieu et de temps : elles anéantissent le spectacle historique et stérilisent l'action tragique. Victor Hugo est leur porte-parole dans la *Préface* de *Cromwell* : « *Quoi de plus invraisemblable et de plus absurde que cette antichambre, lieu banal où nos tragédies ont la complaisance de se dérouler, où arrivent on ne sait comment les conspirateurs pour déclamer contre le tyran, le tyran pour déclamer contre les conspirateurs, chacun à son tour* [...] *? Il résulte de là que tout ce qui est trop caractéristique, trop intime, trop local, pour se passer dans l'antichambre [...] c'est-à-dire tout le drame, se passe dans la coulisse* [...] *Au lieu de scènes, nous avons des récits ; au lieu de tableaux, des descriptions...* »

En revanche, il déclare à propos du théâtre romantique : *« Le poète oserait-il assassiner Rizzio ailleurs que dans la chambre de Marie Stuart ? poignarder Henri IV ailleurs que dans cette rue de la Ferronnerie toute obstruée de haquets et de voitures ? brûler Jeanne d'Arc autre part que dans le Vieux-Marché ? »* Pour Victor Hugo, *« l'unité de temps n'est pas plus solide que l'unité de lieu. L'action, encadrée de force dans les vingt-quatre heures, est aussi ridicule qu'encadrée dans le vestibule. Toute action a sa durée propre comme son lieu particulier. Enfermer temps et lieu dans une cage, c'est mutiler hommes et choses, c'est faire grimacer l'histoire »*.

En revanche, le principe de l'unité d'action, que Hugo préfère appeler « d'ensemble », n'est pas mis en cause ; l'action *« résulte d'un fait : ni l'œil ni l'esprit humain ne sauraient saisir plus d'un ensemble à la fois* [...] *L'unité d'ensemble est la loi de perspective du théâtre »*. Et si, dans les drames romantiques, les intrigues prolifèrent, elles sont toutes dépendantes d'un élément central qui, en général, est constitué par le cheminement dramatique du héros aux prises avec son destin.

L'ART : Dans le drame romantique, la réalité est représentée en toute liberté. Cela ne signifie cependant pas qu'il n'est qu'une simple reproduction du réel. Selon Vigny, *« le domaine de l'art et celui de la nature sont parfaitement distincts »*. Si *« le drame est un miroir où se réfléchit la nature,* [c'est] *un miroir de concentration »*, *« un point d'optique »*. C'est dire que l'artiste ne fait pas une copie servile de ce qu'il voit ; il choisit, condense, interprète. *« L'art est la vérité choisie. »*

Et l'on peut remarquer que le drame romantique exalte cette toute-puissance de l'art à travers ses personnages mêmes : artistes, réels ou imaginés, s'y côtoient. Comment ne pas noter la place prépondérante qu'y occupent le jeu, le masque, la mise en scène, faisant de l'œuvre elle-même le lieu de sa propre élaboration et de sa propre représentation : réalité et théâtralité se confondent.

SES PARADOXES

Ils surgissent de la nature même du drame romantique, tel qu'on a tenté de le définir. L'ambition de transcrire le réel dans sa totalité paraît d'emblée une gageure difficilement conciliable avec les contraintes, très matérielles, de la représentation théâtrale.

On pense immédiatement à Stendhal. Découragé par l'ampleur de l'entreprise qu'il avait conçue, il semble avoir confié au roman, modulable à l'infini, le soin d'illustrer ses théories. D'ailleurs, le genre qui répond le mieux au projet dramatique des Romantiques n'est-il pas le roman historique tel qu'on le conçoit au XIXe siècle ?
On songe également à Musset qui, après l'échec de *La nuit vénitienne* en 1830, renonce à la scène et écrit ses pièces pour la lecture ; pourtant *Lorenzaccio* est reconnue comme la meilleure illustration du drame romantique tel que l'avait rêvé Stendhal. Et, de fait, comment représenter sur le théâtre la multiplicité des lieux, le foisonnement des intrigues et des personnages, les ruptures de rythme et la variété de ton, en conservant à l'ensemble puissance et dynamisme, afin de ne pas laisser faiblir l'attention du spectateur ?
Ainsi défini avant tout comme un spectacle vivant et actuel, le drame romantique n'est resté pendant bien longtemps qu'une réalité livresque ou défigurée. Les metteurs en scène ont en effet pris avec certaines œuvres, telles *Lorenzaccio*, beaucoup de libertés, supprimant des scènes, allégeant les dialogues, modifiant certains personnages et, du même coup, la pièce. Et si, depuis plusieurs années, la fidélité aux textes semble prévaloir, la diversité des interprétations proposées met bien l'accent sur la richesse et la complexité d'un genre qui porte en lui tous les possibles. C'est peut-être là, d'ailleurs, l'ultime paradoxe du drame romantique : représentation affirmée de la réalité, il ne serait en fait qu'une scène imaginaire et fantasmatique que chacun s'approprie, un rêve qui s'évanouit dès lors que l'on tente de l'incarner.

LORENZACCIO

PERSONNAGES

Alexandre de Médicis : duc de Florence.

Lorenzo de Médicis (Lorenzaccio)
Côme de Médicis } ses cousins.

Le cardinal Cibo.

Le marquis Cibo : son frère.

Sire Maurice : chancelier des Huit.

Le cardinal Baccio Valori : commissaire apostolique.

Julien Salviati,

Philippe Strozzi,
Pierre Strozzi, Thomas Strozzi.
Léon Strozzi (prieur de Capoue) } ses fils.

Roberto Corsini : provéditeur de la forteresse.

Palla Ruccellaï, Alamanno Salviati,
François Pazzi : seigneurs républicains.

Bindo Altoviti : oncle de Lorenzo.

Venturi : bourgeois.

Tebaldeo : peintre.

Scoronconcolo : spadassin.

Les Huit.

Giomo le Hongrois : écuyer du duc.

Maffio : bourgeois.

Deux dames de la Cour et un officier allemand.

Un orfèvre, un marchand, deux précepteurs et deux enfants, pages, soldats, moines, courtisans, bannis, écoliers, domestiques, bourgeois, etc.

Marie Soderini : mère de Lorenzo.

Catherine Ginori : sa tante.

La marquise Cibo.

Louise Strozzi.

Un jardin. Clair de lune ; un pavillon dans le fond, un autre sur le devant.
Entrent le duc et Lorenzo, couverts de leurs manteaux ; Giomo, une lanterne à la main.

Le duc Qu'elle se fasse attendre encore un quart d'heure, et je m'en vais. Il fait un froid de tous les diables.

Lorenzo Patience, Altesse, patience.

Le duc Elle devait sortir de chez sa mère à minuit ; il est minuit, et elle ne vient pourtant pas.

Lorenzo Si elle ne vient pas, dites que je suis un sot, et que la vieille mère est une honnête femme.

Le duc Entrailles du pape ! avec tout cela, je suis volé d'un millier de ducats !

Lorenzo Nous n'avons avancé que moitié. Je réponds de la petite. Deux grands yeux languissants, cela ne trompe pas. Quoi de plus curieux pour le connaisseur que la débauche à la mamelle ? Voir dans un enfant de quinze ans la rouée* à venir ; étudier, ensemencer, infiltrer paternellement le filon mystérieux du vice dans un conseil d'ami, dans une caresse au menton ; — tout dire et ne rien dire, selon le caractère des parents ; — habituer doucement l'imagination qui se développe à donner des corps à ses fantômes, à toucher ce qui l'effraye, à mépriser ce qui la protège ! Cela va plus vite qu'on ne pense ; le vrai mérite est de frapper juste. Et quel trésor que celle-ci ! tout ce qui peut faire passer une nuit délicieuse à Votre Altesse ! Tant de pudeur ! Une jeune chatte qui veut bien des confitures, mais qui ne veut pas se salir la patte. Proprette comme une Flamande ! La médiocrité bourgeoise en personne. D'ailleurs, fille de bonnes gens, à qui leur peu de fortune n'a pas permis une éducation solide ; point de fond dans les principes, rien qu'un léger vernis ; mais quel flot violent d'un fleuve

* *C'est un mot du XVIIIe siècle : on rencontre dans* Lorenzaccio *de nombreux anachronismes linguistiques.*

magnifique sous cette couche de glace fragile qui craque à chaque pas ! Jamais arbuste en fleur n'a promis de fruits plus rares, jamais je n'ai humé dans une atmosphère enfantine plus exquise odeur de courtisanerie.

Le duc Sacrebleu ! je ne vois pas le signal. Il faut pourtant que j'aille au bal chez Nasi : c'est aujourd'hui qu'il marie sa fille.

Giomo Allons au pavillon, monseigneur. Puisqu'il ne s'agit que d'emporter une fille qui est à moitié payée, nous pouvons bien taper aux carreaux.

Le duc Viens par ici, le Hongrois a raison.

Le duc, Lorenzo et Giomo s'éloignent. Entre Maffio.

Maffio Il me semblait dans mon rêve voir ma sœur traverser notre jardin, tenant une lanterne sourde, et couverte de pierreries. Je me suis éveillé en sursaut. Dieu sait que ce n'est qu'une illusion, mais une illusion trop forte pour que le sommeil ne s'enfuie pas devant elle. Grâce au ciel, les fenêtres du pavillon où couche la petite sont fermées comme de coutume ; j'aperçois faiblement la lumière de sa lampe entre les feuilles de notre vieux figuier. Maintenant mes folles terreurs se dissipent ; les battements précipités de mon cœur font place à une douce tranquillité. Insensé ! mes yeux se remplissent de larmes, comme si ma pauvre sœur avait couru un véritable danger. — Qu'entends-je ? Qui remue là entre les branches ? (La sœur de Maffio passe dans l'éloignement.) Suis-je éveillé ? c'est le fantôme de ma sœur. Il tient une lanterne sourde, et un collier brillant étincelle sur sa poitrine aux rayons de la lune. Gabrielle ! Gabrielle ! où vas-tu ?

Rentrent Giomo et le duc.

Giomo Ce sera le bonhomme de frère pris de somnambulisme. — Lorenzo conduira votre belle au palais par la petite porte ; et quant à nous, qu'avons-nous à craindre ?

Maffio Qui êtes-vous ? Holà ! arrêtez !

Maffio tire son épée.

Giomo Honnête rustre, nous sommes tes amis.

Maffio Où est ma sœur ? que cherchez-vous ici ?

Giomo Ta sœur est dénichée, brave canaille. Ouvre la grille de ton jardin.

Maffio Tire ton épée et défends-toi, assassin que tu es.

Giomo saute sur Maffio et le désarme.

Giomo Halte-là ! maître sot, pas si vite.

Maffio O honte ! ô excès de misère ! S'il y a des lois à Florence, si quelque justice vit encore sur la terre, par ce qu'il y a de vrai et de sacré au monde, je me jetterai aux pieds du duc, et il vous fera pendre tous les deux.

Giomo Aux pieds du duc ?

Maffio Oui, oui, je sais que les gredins de votre espèce égorgent impunément les familles. Mais que je meure, entendez-vous, je ne mourrai pas silencieux comme tant d'autres. Si le duc ne sait pas que sa ville est une forêt pleine de bandits, pleine d'empoisonneurs et de filles déshonorées, en voilà un qui le lui dira. Ah ! massacre ! ah ! fer et sang ! j'obtiendrai justice de vous !

Giomo (l'épée à la main) Faut-il frapper, Altesse ?

Le duc Allons donc ! frapper ce pauvre homme ! Va te recoucher, mon ami ; nous t'enverrons demain quelques ducats.

Le duc sort.

Maffio C'est Alexandre de Médicis !

Giomo Lui-même, mon brave rustre. Ne te vante pas de sa visite si tu tiens à tes oreilles.

Giomo sort.

SCÈNE II

Une rue. Le point du jour. Plusieurs masques sortent d'une maison illuminée ; un marchand de soieries et un orfèvre ouvrent leurs boutiques.

Le marchand de soieries Hé, hé, père Mondella, voilà bien du vent pour mes étoffes.

Le marchand de soieries étale ses pièces de soie.

L'orfèvre (bâillant) C'est à se casser la tête. Au diable leur noce ! je n'ai pas fermé l'œil de la nuit.

Le marchand Ni ma femme non plus, voisin ; la chère âme s'est tournée et retournée comme une anguille. Ah ! dame ! quand on est jeune, on ne s'endort pas au bruit des violons.

L'orfèvre Jeune ! jeune ! cela vous plaît à dire. On n'est pas jeune avec une barbe comme celle-là ; et cependant Dieu sait si leur damnée de musique me donne envie de danser.

Deux écoliers passent.

Premier écolier Rien n'est plus amusant. On se glisse contre la porte au milieu des soldats, et on les voit descendre avec leurs habits de toutes les couleurs. Tiens, voilà la maison des Nasi. (Il souffle dans ses doigts.) Mon portefeuille me glace les mains.

Deuxième écolier Et on nous laissera approcher ?

Premier écolier En vertu de quoi est-ce qu'on nous en empêcherait ? Nous sommes citoyens de Florence. Regarde tout ce monde autour de la porte ; en voilà des chevaux, des pages et des livrées ! Tout cela va et vient, il n'y a qu'à s'y connaître un peu ; je suis capable de nommer toutes les personnes d'importance ; on observe bien tous les costumes, et le soir on dit à l'atelier : J'ai une terrible envie de dormir, j'ai passé la nuit au bal chez le prince Aldobrandini, chez le comte Salviati ; le prince était habillé de telle ou telle façon, la princesse de telle autre, et on ne ment pas. Viens, prends ma cape par derrière.

Ils se placent contre la porte de la maison.

L'orfèvre Entendez-vous les petits badauds ? Je voudrais qu'un de mes apprentis fît un pareil métier.

Le marchand Bon, bon, père Mondella, où le plaisir ne coûte rien, la jeunesse n'a rien à perdre. Tous ces grands yeux étonnés de ces petits polissons me réjouissent le cœur. — Voilà comme j'étais, humant l'air et cherchant les nouvelles. Il paraît que la Nasi est une belle gaillarde, et que le Martelli est un heureux garçon. C'est une famille bien florentine, celle-là ! Quelle tournure ont tous ces grands seigneurs ! J'avoue que ces fêtes-là me font plaisir, à moi. On est dans son lit bien tranquille, avec un coin de ses rideaux retroussé ; on regarde de temps en temps les lumières qui vont et viennent dans le palais ; on attrape un petit air de danse sans rien payer, et on se dit : Hé, hé, ce sont mes étoffes qui dansent, mes belles étoffes du Bon Dieu, sur le cher corps de tous ces braves et loyaux seigneurs.

L'orfèvre Il en danse plus d'une qui n'est pas payée, voisin ; ce sont celles-là qu'on arrose de vin et qu'on frotte sur les murailles avec le moins de regrets. Que les grands seigneurs s'amusent, c'est tout simple — ils sont nés pour cela. Mais il y a des amusements de plusieurs sortes, entendez-vous ?

Le marchand Oui, oui, comme la danse, le cheval, le jeu de paume et tant d'autres. Qu'entendez-vous vous-même, père Mondella ?

L'orfèvre Cela suffit — je me comprends. — C'est-à-dire que les murailles de tous ces palais-là n'ont jamais mieux prouvé leur solidité. Il leur fallait moins de force pour défendre les aïeux de l'eau du ciel, qu'il ne leur en faut pour soutenir les fils quand ils ont trop pris de leur vin.

Le marchand Un verre de vin est de bon conseil, père Mondella. Entrez donc dans ma boutique, que je vous montre une pièce de velours.

L'orfèvre Oui, de bon conseil et de bonne mine, voisin ; un bon verre de vin vieux a une bonne mine au bout d'un bras qui a sué pour le gagner ; on le soulève gaiement d'un petit coup, et il s'en va donner du courage au cœur de l'honnête homme qui travaille pour sa famille. Mais ce sont des tonneaux sans vergogne, que tous ces godelureaux de la cour. A qui fait-on plaisir en s'abrutissant jusqu'à la bête féroce ? A personne, pas même à soi, èt à Dieu encore moins.

Le marchand Le carnaval a été rude, il faut l'avouer ; et leur maudit ballon m'a gâté de la marchandise pour une cinquantaine de florins*. Dieu merci ! les Strozzi l'ont payée.

L'orfèvre Les Strozzi ! Que le ciel confonde ceux qui ont osé porter la main sur leur neveu ! Le plus brave homme de Florence, c'est Philippe Strozzi.

Le marchand Cela n'empêche pas Pierre Strozzi d'avoir traîné son maudit ballon sur ma boutique, et de m'avoir fait trois grandes taches dans une aune de velours brodé. A propos, père Mondella, nous verrons-nous à Montolivet* ?

L'orfèvre Ce n'est pas mon métier de suivre les foires ; j'irai cependant à Montolivet par piété. C'est un saint pèlerinage, voisin, et qui remet tous les péchés.

* *« C'était l'usage au carnaval de traîner dans les rues un énorme ballon qui renversait les passants et les devantures des boutiques. Pierre Strozzi avait été arrêté pour ce fait » (note de Musset).*

* *Monte Oliveto, à l'ouest de Florence. En réalité, le pèlerinage avait lieu à San Miniato.*

Le marchand Et qui est tout à fait vénérable, voisin, et qui fait gagner les marchands plus que tous les autres jours de l'année. C'est plaisir de voir ces bonnes dames, sortant de la messe, manier, examiner toutes les étoffes. Que Dieu conserve Son Altesse ! La Cour est une belle chose.

L'orfèvre La Cour ! le peuple la porte sur le dos, voyez-vous ! Florence était encore (il n'y a pas longtemps de cela) une bonne maison bien bâtie ; tous ces grands palais, qui sont les logements de nos grandes familles, en étaient les colonnes. Il n'y en avait pas une, de toutes ces colonnes, qui dépassât les autres d'un pouce ; elles soutenaient à elles toutes une vieille voûte bien cimentée, et nous nous promenions là-dessous sans crainte d'une pierre sur la tête. Mais il y a de par le monde deux architectes malavisés qui ont gâté l'affaire, je vous le dis en confidence, c'est le pape et l'empereur Charles*. L'empereur Charles a commencé par entrer par une assez bonne brèche dans la susdite maison. Après quoi, ils ont jugé à propos de prendre une des colonnes dont je vous parle, à savoir celle de la famille des Médicis, et d'en faire un clocher, lequel clocher a poussé comme un champignon de malheur dans l'espace d'une nuit. Et puis, savez-vous, voisin ! comme l'édifice branlait au vent, attendu qu'il avait la tête trop lourde et une jambe de moins, on a remplacé le pilier devenu clocher par un gros pâté informe fait de boue et de crachat, et on a appelé cela la citadelle. Les Allemands se sont installés dans ce maudit trou comme des rats dans un fromage ; et il est bon de savoir que tout en jouant aux dés et en buvant leur vin aigrelet, ils ont l'œil sur nous autres. Les familles florentines ont beau crier, le peuple et les marchands ont beau dire, les Médicis gouvernent au moyen de leur garnison ; ils nous dévorent comme une excroissance vénéneuse dévore un estomac malade ; c'est en vertu des hallebardes qui se promènent sur la plate-forme, qu'un bâtard*, une moitié de Médicis, un butor que le ciel avait fait pour être garçon boucher ou valet de charrue, couche dans le lit de nos filles, boit nos bouteilles, casse nos vitres ; et encore le paye-t-on pour cela.

** En 1530, Charles Quint s'était entendu avec le pape Clément VII (Jules de Médicis) pour rétablir les Médicis à la tête de Florence.*

** Alexandre de Médicis (?-1537) passait pour le bâtard du pape Clément VII ; sa mère était maure.*

Le marchand Peste ! comme vous y allez ! Vous avez l'air de savoir tout cela par cœur ; il ne ferait pas bon dire cela dans toutes les oreilles, voisin Mondella.

L'orfèvre Et quand on me bannirait comme tant d'autres ! On vit à Rome aussi bien qu'ici. Que le diable emporte la noce, ceux qui y dansent et ceux qui la font !

L'orfèvre rentre. Le marchand se mêle aux curieux. Passe un bourgeois avec sa femme.

La femme Guillaume Martelli est un bel homme, et riche. C'est un bonheur pour Nicolo Nasi d'avoir un gendre comme celui-là. Tiens, le bal dure encore. — Regarde donc toutes ces lumières.

Le bourgeois Et nous, notre fille, quand la marierons-nous ?

La femme Comme tout est illuminé ! danser encore à l'heure qu'il est, c'est là une jolie fête. — On dit que le duc y est.

Le bourgeois Faire du jour la nuit et de la nuit le jour, c'est un moyen commode de ne pas voir les honnêtes gens. Une belle invention, ma foi, que des hallebardes à la porte d'une noce ! Que le Bon Dieu protège la ville ! Il en sort tous les jours de nouveau, de ces chiens d'Allemands, de leur damnée forteresse.

La femme Regarde donc le joli masque. Ah ! la belle robe ! Hélas ! tout cela coûte très cher, et nous sommes bien pauvres à la maison.

La femme et le bourgeois sortent.

Un soldat (au marchand) Gare, canaille ! laisse passer les chevaux.

Le marchand Canaille toi-même, Allemand du diable !

Le soldat le frappe de sa pique.

Le marchand (se retirant) Voilà comme on suit la capitulation* ! Ces gredins-là maltraitent les citoyens.

* *Le traité de capitulation, signé le 12 avril 1530, garantissait les droits civiques et la liberté des Florentins ; il prévoyait aussi que les troupes impériales évacueraient la ville en échange du paiement d'un tribut.*

Le marchand rentre chez lui.

L'écolier (à son camarade) Vois-tu celui-là qui ôte son masque ? C'est Palla Ruccellai. Un fier luron ! Ce petit-là, à côté de lui, c'est Thomas Strozzi, Masaccio, comme on dit.

Un page (criant) Le cheval de Son Altesse !

Le second écolier Allons-nous-en, voilà le duc qui sort.

Le premier écolier Crois-tu qu'il va te manger ?

La foule augmente à la porte.

L'écolier Celui-là, c'est Nicolini ; celui-là, c'est le provéditeur*.

* *Bertoldo (que Musset appelle Roberto) Corsini était gouverneur* (proveditore) *de la forteresse.*

Le duc sort, vêtu en religieuse, avec Julien Salviati, habillé de même, tous deux masqués.

Le duc (montant à cheval) Viens-tu, Julien ?

Salviati Non, Altesse, pas encore.

Salviati parle au duc à l'oreille.

Le duc Bien, bien, ferme !

Salviati Elle est belle comme un démon. — Laissez-moi faire ! Si je peux me débarrasser de ma femme !...

Salviati rentre dans le bal.

Le duc Tu es gris, Salviati. Le diable m'emporte, tu vas de travers.

Le duc part avec sa suite.

L'écolier Maintenant que voilà le duc parti, il n'y en a pas pour longtemps.

Les masques sortent de tous côtés.

Le second écolier Rose, vert, bleu, j'en ai plein les yeux ; la tête me tourne.

Un bourgeois Il paraît que le souper a duré longtemps. En voilà deux qui ne peuvent plus se tenir.

Le provéditeur monte à cheval ; une bouteille cassée lui tombe sur l'épaule.

Le provéditeur Eh, ventrebleu ! quel est l'assommeur, ici ?

Un masque Eh ! ne le voyez-vous pas, seigneur Corsini ? Tenez, regardez à la fenêtre ; c'est Lorenzo, avec sa robe de nonne.

Le provéditeur Lorenzaccio, le diable soit de toi ! Tu as blessé mon cheval. (La fenêtre se ferme.) Peste soit de l'ivrogne et de ses farces silencieuses ! Un gredin qui n'a pas souri trois fois dans sa vie, et qui passe le temps à des espiègleries d'écolier en vacances !

Le provéditeur part. Louise Strozzi sort de la maison, accompagnée de Julien Salviati ; il lui tient l'étrier. Elle monte à cheval ; un écuyer et une gouvernante la suivent.

Julien La jolie jambe, chère fille ! Tu es un rayon de soleil, et tu as brûlé la moelle de mes os.

Louise Seigneur, ce n'est pas là le langage d'un cavalier*.

* *D'un homme du monde.*

Julien Quels yeux tu as, mon cher cœur ! Quelle belle épaule à essuyer, tout humide et si fraîche ! Que faut-il te donner pour être ta camériste cette nuit ? Le joli pied à déchausser !

Louise Lâche mon pied, Salviati.

Julien Non, par le corps de Bacchus ! jusqu'à ce que tu m'aies dit quand nous coucherons ensemble.

Louise frappe son cheval et part au galop.

Un masque (à Julien) La petite Strozzi s'en va rouge comme la braise — vous l'avez fâchée, Salviati.

Julien Baste ! colère de jeune fille et pluie du matin...

Julien sort.

Chez le marquis Cibo. Le marquis, en habit de voyage, la marquise, Ascanio, le cardinal Cibo, assis.

Le marquis (embrassant son fils) Je voudrais pouvoir t'emmener, petit, toi et ta grande épée qui te traîne entre les jambes. Prends patience ; Massa* n'est pas bien loin, et je te rapporterai un bon cadeau.

* *Massa, à une centaine de kilomètres au nord-ouest de Florence, capitale du marquisat de Massa et Carrara, avait été apportée en dot à son mari par Ricciarda Malaspina.*

La marquise Adieu, Laurent ; revenez, revenez !

Le cardinal Marquise, voilà des pleurs qui sont de trop. Ne dirait-on pas que mon frère part pour la Palestine ? Il ne court pas grand danger dans ses terres, je crois.

Le marquis Mon frère, ne dites pas de mal de ces belles larmes.

Le marquis embrasse sa femme.

Le cardinal Je voudrais seulement que l'honnêteté n'eût pas cette apparence.

La marquise L'honnêteté n'a-t-elle point de larmes, monsieur le cardinal ? Sont-elles toutes au repentir ou à la crainte ?

Le marquis Non, par le ciel ! car les meilleures sont à l'amour. N'essuyez pas celles-ci sur mon visage, le vent s'en chargera en route ; qu'elles se sèchent lentement ! Eh bien, ma chère, vous ne me dites rien pour vos favoris ? N'emporterai-je pas, comme de coutume, quelque belle harangue sentimentale à faire de votre part aux roches et aux cascades de mon vieux patrimoine ?

La marquise Ah ! mes pauvres cascatelles !

Le marquis C'est la vérité, ma chère âme, elles sont toutes tristes sans vous. (Plus bas.) Elles ont été joyeuses autrefois, n'est-il pas vrai, Ricciarda ?

La marquise Emmenez-moi !

Le marquis Je le ferais si j'étais fou, et je le suis presque, avec ma vieille mine de soldat. N'en parlons plus — ce sera l'affaire d'une semaine. Que ma chère Ricciarda voie ses jardins quand ils sont tranquilles et solitaires ;

les pieds boueux de mes fermiers ne laisseront pas de trace dans ses allées chéries. C'est à moi de compter mes vieux troncs d'arbres qui me rappellent ton père Albéric, et tous les brins d'herbe de mes bois ; les métayers et leurs bœufs, tout cela me regarde. A la première fleur que je verrai pousser, je mets tout à la porte, et je vous emmène alors.

La marquise La première fleur de notre belle pelouse m'est toujours chère. L'hiver est si long ! Il me semble toujours que ces pauvres petites ne reviendront jamais.

Ascanio Quel cheval as-tu, mon père, pour t'en aller ?

Le marquis Viens avec moi dans la cour, tu le verras.

Le marquis sort. La marquise reste seule avec le cardinal. Un silence.

Le cardinal N'est-ce pas aujourd'hui que vous m'avez demandé d'entendre votre confession, marquise ?

La marquise Dispensez-m'en, cardinal. Ce sera pour ce soir, si Votre Éminence est libre, ou demain, comme elle voudra. — Ce moment-ci n'est pas à moi.

La marquise se met à la fenêtre et fait un signe d'adieu à son mari.

Le cardinal Si les regrets étaient permis à un fidèle serviteur de Dieu, j'envierais le sort de mon frère. — Un si court voyage, si simple, si tranquille ! — une visite à une de ses terres qui n'est qu'à quelques pas d'ici ! — une absence d'une semaine — et tant de tristesse, une si douce tristesse, veux-je dire, à son départ ! Heureux celui qui sait se faire aimer ainsi après sept années de mariage ! — N'est-ce pas sept années*, marquise ?

* *Ce mariage, en réalité, avait été célébré en 1520.*

La marquise Oui, cardinal ; mon fils a six ans.

Le cardinal Étiez-vous hier à la noce des Nasi ?

La marquise Oui, j'y étais.

Le cardinal Et le duc en religieuse ?

La marquise Pourquoi le duc en religieuse ?

Le cardinal On m'avait dit qu'il avait pris ce costume ; il se peut qu'on m'ait trompé.

La marquise Il l'avait en effet. Ah ! Malaspina, nous sommes dans un triste temps pour toutes les choses saintes !

Le cardinal On peut respecter les choses saintes, et, dans un jour de folie, prendre le costume de certains couvents, sans aucune intention hostile à la sainte Église catholique.

La marquise L'exemple est à craindre, et non l'intention. Je ne suis pas comme vous ; cela m'a révoltée. Il est vrai que je ne sais pas bien ce qui se peut et ce qui ne se peut pas, selon vos règles mystérieuses. Dieu sait où elles mènent. Ceux qui mettent les mots sur leur enclume, et qui les tordent avec un marteau et une lime, ne réfléchissent pas toujours que ces mots représentent des pensées, et ces pensées des actions.

Le cardinal Bon ! bon ! le duc est jeune, marquise, et gageons que cet habit coquet des nonnes lui allait à ravir.

La marquise On ne peut mieux ; il n'y manquait que quelques gouttes du sang de son cousin, Hippolyte de Médicis*.

** Ce cardinal, fils naturel de Julien de Médicis (fait duc de Nemours par François Ier), mourut empoisonné en 1535, à l'âge de vingt-quatre ans, sur l'ordre d'Alexandre.*

Le cardinal Et le bonnet de la Liberté*, n'est-il pas vrai, petite sœur ? Quelle haine pour ce pauvre duc !

** Le bonnet phrygien.*

La marquise Et vous, son bras droit, cela vous est égal que le duc de Florence soit le préfet de Charles Quint, le commissaire civil du pape, comme Baccio est son commissaire religieux ? Cela vous est égal, à vous, frère de mon Laurent, que notre soleil, à nous, promène sur la citadelle des ombres allemandes ? que César parle ici dans toutes les bouches ? que la débauche serve d'entremetteuse à l'esclavage, et secoue ses grelots sur les sanglots du peuple ? Ah ! le clergé sonnerait au besoin toutes ses cloches pour en étouffer le bruit et pour réveiller l'aigle impérial, s'il s'endormait sur nos pauvres toits.

La marquise sort.

Le cardinal (seul, soulève la tapisserie et appelle à voix basse) Agnolo ! (Entre un page.) Quoi de nouveau aujourd'hui ?

Agnolo Cette lettre, monseigneur.

Le cardinal Donne-la-moi.

Agnolo Hélas ! Éminence, c'est un péché.

Le cardinal Rien n'est un péché quand on obéit à un prêtre de l'Église romaine.

Agnolo remet la lettre.

Le cardinal Cela est comique d'entendre les fureurs de cette pauvre marquise, et de la voir courir à un rendez-vous d'amour avec le cher tyran, toute baignée de larmes républicaines. (Il ouvre la lettre et lit.)
« Ou vous serez à moi, ou vous aurez fait mon malheur, le vôtre, et celui de nos deux maisons. »
Le style du duc est laconique, mais il ne manque pas d'énergie. Que la marquise soit convaincue ou non, voilà le difficile à savoir. Deux mois de cour presque assidue, c'est beaucoup pour Alexandre ; ce doit être assez pour Ricciarda Cibo. (Il rend la lettre au page.) Remets cela chez ta maîtresse ; tu es toujours muet, n'est-ce pas ? Compte sur moi.

Le cardinal lui donne sa main à baiser et sort.

SCÈNE IV

Une cour du palais du duc. Le duc Alexandre, sur une terrasse ; des pages exercent des chevaux dans la cour. Entrent Valori et sire Maurice.

Le duc (à Valori) Votre Éminence a-t-elle reçu ce matin des nouvelles de la cour de Rome ?

Valori Paul III* envoie mille bénédictions à Votre Altesse, et fait les vœux les plus ardents pour sa prospérité.

* *Alexandre Farnèse, pape de 1534 à 1549, succéda à Clément VII (qui avait occupé le trône pontifical de 1523 à 1534).*

Le duc Rien que des vœux, Valori ?

Valori Sa Sainteté craint que le duc ne se crée de nouveaux dangers par trop d'indulgence. Le peuple est mal habitué à la domination absolue ; et César, à son dernier voyage, en a dit autant, je crois, à Votre Altesse.

Le duc Voilà, pardieu, un beau cheval, sire Maurice ! Eh ! quelle croupe de diable !

Sire Maurice Superbe, Altesse.

Le duc Ainsi, monsieur le commissaire apostolique, il y a encore quelques mauvaises branches à élaguer. César et le pape ont fait de moi un roi ; mais, par Bacchus, ils m'ont mis dans la main une espèce de sceptre qui sent la hache d'une lieue. Allons, voyons, Valori, qu'est-ce que c'est ?

Valori Je suis un prêtre, Altesse ; si les paroles que mon devoir me force à vous rapporter fidèlement doivent être interprétées d'une manière aussi sévère, mon cœur me défend d'y ajouter un mot.

Le duc Oui, oui, je vous connais pour un brave. Vous êtes, pardieu, le seul prêtre honnête homme que j'aie vu de ma vie.

Valori Monseigneur, l'honnêteté ne se perd ni ne se gagne sous aucun habit, et parmi les hommes il y a plus de bons que de méchants.

Le duc Ainsi donc, point d'explications ?

Sire Maurice Voulez-vous que je parle, monseigneur ? tout est facile à expliquer.

Le duc Eh bien ?

Sire Maurice Les désordres de la Cour irritent le pape.

Le duc Que dis-tu là, toi ?

Sire Maurice J'ai dit les désordres de la Cour, Altesse ; les actions du duc n'ont d'autre juge que lui-même. C'est Lorenzo de Médicis que le pape réclame comme transfuge de sa justice.

Le duc De sa justice ? Il n'a jamais offensé de pape, à ma connaissance, que Clément VII, feu mon cousin, qui, à cette heure, est en enfer.

** Cet acte de vandalisme, rapporté par Varchi, eut lieu en 1534.*

Sire Maurice Clément VII a laissé sortir de ses États le libertin qui, un jour d'ivresse, avait décapité les statues de l'arc de Constantin*. Paul III ne saurait pardonner au modèle titré de la débauche florentine.

** Pierre Farnèse, fils naturel de Paul III, viola en 1538 le jeune évêque de Fano. Musset remanie l'ordre des événements.*

Le duc Ah ! parbleu, Alexandre Farnèse est un plaisant garçon ! Si la débauche l'effarouche, que diable fait-il de son bâtard, le cher Pierre Farnèse*, qui traite si joliment l'évêque de Fano ? Cette mutilation revient toujours sur l'eau, à propos de ce pauvre Renzo. Moi, je trouve cela drôle, d'avoir coupé la tête à tous ces hommes de pierre. Je protège les arts comme un autre, et j'ai chez moi les premiers artistes de l'Italie ; mais je n'entends rien au respect du pape pour ces statues qu'il excommunierait demain, si elles étaient en chair et en os.

Sire Maurice Lorenzo est un athée ; il se moque de tout. Si le gouvernement de Votre Altesse n'est pas entouré d'un profond respect, il ne saurait être solide. Le peuple appelle Lorenzo, Lorenzaccio ; on sait qu'il dirige vos plaisirs, et cela suffit.

Le duc Paix ! tu oublies que Lorenzo de Médicis est cousin d'Alexandre.

Entre le cardinal Cibo.

Cardinal, écoutez un peu ces messieurs qui disent que le pape est scandalisé des désordres de ce pauvre Renzo, et qui prétendent que cela fait tort à mon gouvernement.

Le cardinal Messire Francesco Molza vient de débiter à l'Académie romaine une harangue en latin contre le mutilateur de l'arc de Constantin.

Le duc Allons donc, vous me mettriez en colère ! Renzo, un homme à craindre ! le plus fieffé poltron ! une femmelette, l'ombre d'un ruffian énervé ! un rêveur qui marche nuit et jour sans épée, de peur d'en apercevoir l'ombre à son côté ! d'ailleurs un philosophe, un gratteur de papier, un méchant poète qui ne sait seulement pas faire un sonnet ! Non, non, je n'ai pas encore peur des ombres ! Eh ! corps de Bacchus ! que me font les discours latins et les quolibets de ma canaille ! J'aime Lorenzo, moi, et, par la mort de Dieu ! il restera ici.

Le cardinal Si je craignais cet homme, ce ne serait pas pour votre Cour, ni pour Florence, mais pour vous, Duc.

Le duc Plaisantez-vous, cardinal, et voulez-vous que je vous dise la vérité ? (Il lui parle bas.) Tout ce que je sais de ces damnés bannis, de tous ces républicains entêtés qui complotent autour de moi, c'est par Lorenzo que je le sais. Il est glissant comme une anguille ; il se fourre partout et me dit tout. N'a-t-il pas trouvé moyen d'établir une correspondance avec tous ces Strozzi de l'enfer ? Oui, certes, c'est mon entremetteur ; mais croyez que son entremise, si elle nuit à quelqu'un, ne me nuira pas. Tenez !

Lorenzo paraît au fond d'une galerie basse.

Regardez-moi ce petit corps maigre, ce lendemain d'orgie ambulant. Regardez-moi ces yeux plombés, ces mains fluettes et maladives, à peine assez fermes pour soutenir un éventail, ce visage morne, qui sourit quelquefois, mais qui n'a pas la force de rire. C'est là un homme à craindre ? Allons, allons, vous vous moquez de lui. Hé ! Renzo, viens donc ici ; voilà sire Maurice qui te cherche dispute.

Lorenzo (montant l'escalier de la terrasse) Bonjour, messieurs les amis de mon cousin.

Le duc Lorenzo, écoute ici. Voilà une heure que nous parlons de toi. Sais-tu la nouvelle ? Mon ami, on t'excommunie en latin et sire Maurice t'appelle un homme dangereux, le cardinal aussi ; quant au bon Valori, il est trop honnête homme pour prononcer ton nom.

Lorenzo Pour qui dangereux, Éminence ? pour les filles de joie, ou pour les saints du paradis ?

Le cardinal Les chiens de cour peuvent être pris de la rage comme les autres chiens.

Lorenzo Une insulte de prêtre doit se faire en latin.

Sire Maurice Il s'en fait en toscan, auxquelles on peut répondre.

Lorenzo Sire Maurice, je ne vous voyais pas ; excusez-moi, j'avais le soleil dans les yeux ; mais vous avez un bon visage, et votre habit me paraît tout neuf.

Sire Maurice Comme votre esprit ; je l'ai fait faire d'un vieux pourpoint de mon grand-père.

Lorenzo Cousin, quand vous aurez assez de quelque conquête des faubourgs, envoyez-la donc chez sire Maurice. Il est malsain de vivre sans femme, pour un homme qui a, comme lui, le cou court et les mains velues.

Sire Maurice Celui qui se croit le droit de plaisanter doit savoir se défendre. A votre place, je prendrais une épée.

Lorenzo Si l'on vous a dit que j'étais un soldat, c'est une erreur ; je suis un pauvre amant de la science.

Sire Maurice Votre esprit est une épée acérée, mais flexible. C'est une arme trop vile ; chacun fait usage des siennes.

Sire Maurice tire son épée.

Valori Devant le duc, l'épée nue !

Le duc (riant) Laissez faire, laissez faire. Allons, Renzo, je veux te servir de témoin — qu'on lui donne une épée !

Lorenzo Monseigneur, que dites-vous là ?

Le duc Eh bien ! ta gaieté s'évanouit si vite ? Tu trembles, cousin ? Fi donc ! tu fais honte au nom des Médicis. Je ne suis qu'un bâtard, et je le porterais mieux que toi, qui es légitime ? Une épée, une épée ! un Médicis ne se laisse point provoquer ainsi. Pages, montez ici ; toute la Cour le verra, et je voudrais que Florence entière y fût.

Lorenzo Son Altesse se rit de moi.

Le duc J'ai ri tout à l'heure, mais maintenant je rougis de honte. Une épée !

Le duc prend l'épée d'un page et la présente à Lorenzo.

Valori Monseigneur, c'est pousser trop loin les choses. Une épée tirée en présence de Votre Altesse est un crime punissable dans l'intérieur du palais.

Le duc Qui parle ici, quand je parle ?

Valori Votre Altesse ne peut avoir eu d'autre dessein que celui de s'égayer un instant, et sire Maurice lui-même n'a point agi dans une autre pensée.

Le duc Et vous ne voyez pas que je plaisante encore ? Qui diable pense ici à une affaire sérieuse ? Regardez Renzo, je vous en prie ; ses genoux tremblent, il serait devenu pâle, s'il pouvait le devenir. Quelle contenance, juste Dieu ! je crois qu'il va tomber.

Lorenzo chancelle ; il s'appuie sur la balustrade et glisse à terre tout d'un coup.

Le duc (riant aux éclats) Quand je vous le disais ! personne ne le sait mieux que moi ; la seule vue d'une épée le fait trouver mal. Allons, chère Lorenzetta, fais-toi emporter chez ta mère.

Les pages relèvent Lorenzo.

Sire Maurice Double poltron ! fils de catin !

Le duc Silence, sire Maurice, pesez vos paroles ; c'est moi qui vous le dis maintenant. Pas de ces mots-là devant moi.

Valori Pauvre jeune homme !

Sire Maurice et Valori sortent.

Le cardinal (resté seul avec le duc) Vous croyez à cela, monseigneur ?

Le duc Je voudrais bien savoir comment je n'y croirais pas.

Le cardinal Hum ! c'est bien fort.

Le duc C'est justement pour cela que j'y crois. Vous figurez-vous qu'un Médicis se déshonore publiquement, par partie de plaisir ? D'ailleurs, ce n'est pas la première fois que cela lui arrive ; jamais il n'a pu voir une épée.

Le cardinal C'est bien fort, c'est bien fort !

Le cardinal et le duc sortent.

Devant l'église de Saint-Miniato, à Montolivet*. La foule sort de l'église.

* *« On allait à Montolivet tous les vendredis de certains mois ; c'était à Florence ce que Longchamp était autrefois à Paris. Les marchands y trouvaient l'occasion d'une foire et y transportaient leurs boutiques » (note de Musset).*

Une femme (à sa voisine) Retournez-vous ce soir à Florence ?

La voisine Je ne reste jamais plus d'une heure ici, et je n'y viens jamais qu'un seul vendredi ; je ne suis pas assez riche pour m'arrêter à la foire. Ce n'est pour moi qu'une affaire de dévotion, et que cela suffise pour mon salut, c'est tout ce qu'il me faut.

Une dame de la Cour (à une autre) Comme il a bien prêché ! c'est le confesseur de ma fille. (Elle s'approche d'une boutique.) Blanc et or, cela fait bien le soir ; mais le jour, le moyen d'être propre avec cela !

Le marchand et l'orfèvre devant leurs boutiques, avec quelques cavaliers.

L'orfèvre La citadelle ! voilà ce que le peuple ne souffrira jamais. Voir tout d'un coup s'élever sur la ville cette nouvelle tour de Babel, au milieu du plus maudit baragouin ! les Allemands ne pousseront jamais à Florence, et pour les y greffer, il faudra un vigoureux lien.

Le marchand Voyez, mesdames ; que Vos Seigneuries acceptent un tabouret sous mon auvent.

Un cavalier Tu es du vieux sang florentin, père Mondella ; la haine de la tyrannie fait encore trembler tes doigts sur tes ciselures précieuses, au fond de ton cabinet de travail.

L'orfèvre C'est vrai, Excellence. Si j'étais un grand artiste, j'aimerais les princes, parce qu'eux seuls peuvent faire entreprendre de grands travaux. Les grands artistes n'ont pas de patrie. Moi, je fais des saints ciboires et des poignées d'épée.

Un autre cavalier A propos d'artiste, ne voyez-vous pas dans ce petit cabaret ce grand gaillard qui gesticule devant des badauds ? Il frappe son verre sur la table, si je ne me trompe, c'est ce hâbleur de Cellini*.

* *Benvenuto Cellini apparaissait au début de la pièce, dans une première version de la scène 1 de l'acte I de* Lorenzaccio.

Le premier cavalier Allons-y donc, et entrons, avec un verre de vin dans la tête, il est curieux à entendre, et probablement quelque bonne histoire est en train.

Les cavaliers sortent. Deux bourgeois s'assoient.

Premier bourgeois Il y a eu une émeute à Florence ?

Deuxième bourgeois Presque rien. — Quelques pauvres jeunes gens ont été tués sur le Vieux-Marché.

Premier bourgeois Quelle pitié pour les familles !

Deuxième bourgeois Voilà des malheurs inévitables. Que voulez-vous que fasse la jeunesse sous un gouvernement comme le nôtre ? On vient crier à son de trompe que César est à Bologne, et les badauds répètent : « César est à Bologne », en clignant des yeux d'un air d'importance, sans réfléchir à ce qu'on y fait. Le jour suivant, ils sont plus heureux encore d'apprendre et de répéter : « Le pape est à Bologne avec César*. » Que s'ensuit-il ? Une réjouissance publique. Ils n'en voient pas davantage ; et puis un beau matin ils se réveillent tout endormis des fumées du vin impérial, et ils voient une figure sinistre à la grande fenêtre du palais des Pazzi. Ils demandent quel est ce personnage, et on leur répond que c'est leur roi. Le pape et l'empereur sont accouchés d'un bâtard qui a droit de vie et de mort sur nos enfants, et qui ne pourrait pas nommer sa mère.

* *Anachronisme. Cette entrevue a eu lieu plusieurs années auparavant.*

L'orfèvre (s'approchant) Vous parlez en patriote, ami ; je vous conseille de prendre garde à ce flandrin.

Passe un officier allemand.

L'officier Otez-vous de là, messieurs ; des dames veulent s'asseoir.

Deux dames de la Cour entrent et s'assoient.

Première dame Cela est de Venise ?

Le marchand Oui, magnifique Seigneurie ; vous en lèverai-je quelques aunes ?

Première dame Si tu veux. J'ai cru voir passer Julien Salviati.

L'officier Il va et vient à la porte de l'église ; c'est un galant.

Deuxième dame C'est un insolent. Montrez-moi des bas de soie.

L'officier Il n'y en aura pas d'assez petits pour vous.

Première dame Laissez donc, vous ne savez que dire. Puisque vous voyez Julien, allez lui dire que j'ai à lui parler.

	L'officier J'y vais et je le ramène.
L'officier sort.	**Première dame** Il est bête à faire plaisir, ton officier ; que peux-tu faire de cela ?
	Deuxième dame Tu sauras qu'il n'y a rien de mieux que cet homme-là.
Les dames s'éloignent. Entre le prieur de Capoue.	**Le prieur** Donnez-moi un verre de limonade, brave homme.
Le prieur s'assoit. ** Léon Strozzi, chevalier de l'ordre de Malte, grand prieur de la subdivision de Capoue.*	**Un des bourgeois** Voilà le prieur de Capoue* ; c'est là un patriote !
Les deux bourgeois se rassoient.	**Le prieur** Vous venez de l'église, messieurs ? que dites-vous du sermon ?
	Le bourgeois Il était beau, seigneur Prieur.
	Deuxième bourgeois (à l'orfèvre) Cette noblesse des Strozzi est chère au peuple, parce qu'elle n'est pas fière. N'est-il pas agréable de voir un grand seigneur adresser librement la parole à ses voisins d'une manière affable ? Tout cela fait plus qu'on ne pense.
	Le prieur S'il faut parler franchement, j'ai trouvé le sermon trop beau. J'ai prêché quelquefois, et je n'ai jamais tiré grande gloire du tremblement des vitres. Mais une petite larme sur la joue d'un brave homme m'a toujours été d'un grand prix.
Entre Salviati.	**Salviati** On m'a dit qu'il y avait ici des femmes qui me demandaient tout à l'heure. Mais je ne vois de robe ici que la vôtre, Prieur. Est-ce que je me trompe ?
	Le marchand Excellence, on ne vous a pas trompé. Elles se sont éloignées ; mais je pense qu'elles vont revenir. Voilà dix aunes d'étoffe et quatre paires de bas pour elles.
	Salviati (s'asseyant) Voilà une jolie femme qui passe. — Où diable l'ai-je donc vue ? — Ah ! parbleu, c'est dans mon lit.
	Le prieur (au bourgeois) Je crois avoir vu votre signature sur une lettre adressée au duc.

Le bourgeois Je le dis tout haut. C'est la supplique adressée par les bannis.

Le prieur En avez-vous dans votre famille ?

Le bourgeois Deux, Excellence, mon père et mon oncle. Il n'y a plus que moi d'homme à la maison.

Le deuxième bourgeois (à l'orfèvre) Comme ce Salviati a une méchante langue !

L'orfèvre Cela n'est pas étonnant ; un homme à moitié ruiné, vivant des générosités de ces Médicis, et marié comme il l'est à une femme déshonorée partout ! Il voudrait qu'on dît de toutes les femmes possibles ce qu'on dit de la sienne.

Salviati N'est-ce pas Louise Strozzi qui passe sur ce tertre ?

Le marchand Elle-même, Seigneurie. Peu de dames de notre noblesse me sont inconnues. Si je ne me trompe, elle donne la main à sa sœur cadette.

Salviati J'ai rencontré cette Louise la nuit dernière au bal des Nasi. Elle a, ma foi, une jolie jambe, et nous devons coucher ensemble au premier jour.

Le prieur (se retournant) Comment l'entendez-vous ?

Salviati Cela est clair, elle me l'a dit. Je lui tenais l'étrier, ne pensant guère à malice ; je ne sais par quelle distraction je lui pris la jambe, et voilà comme tout est venu.

Le prieur Julien, je ne sais pas si tu sais que c'est de ma sœur que tu parles.

Salviati Je le sais très bien ; toutes les femmes sont faites pour coucher avec les hommes, et ta sœur peut bien coucher avec moi.

Le prieur (se levant) Vous dois-je quelque chose, brave homme ?

Le prieur jette une pièce de monnaie sur la table, et sort.

Salviati J'aime beaucoup ce brave prieur, à qui un propos sur sa sœur a fait oublier le reste de son argent. Ne dirait-on pas que toute la vertu de Florence s'est réfugiée chez ces Strozzi ? Le voilà qui se retourne. Écarquille les yeux tant que tu voudras, tu ne me feras pas peur.

SCÈNE VI

Le bord de l'Arno.
Marie Soderini, Catherine.

Catherine Le soleil commence à baisser. De larges bandes de pourpre traversent le feuillage, et la grenouille fait sonner sous les roseaux sa petite cloche de cristal. C'est une singulière chose que toutes les harmonies du soir avec le bruit lointain de cette ville.

Marie Il est temps de rentrer ; noue ton voile autour de ton cou.

Catherine Pas encore, à moins que vous n'ayez froid. Regardez, ma mère chérie* ; que le ciel est beau ! que tout cela est vaste et tranquille ! comme Dieu est partout ! Mais vous baissez la tête ; vous êtes inquiète depuis ce matin.

* *« Catherine Ginori est belle-sœur de Marie ; elle lui donne le nom de mère parce qu'il y a entre elles une différence d'âge très grande : Catherine n'a guère que vingt-deux ans » (note de Musset).*

Marie Inquiète, non, mais affligée. N'as-tu pas entendu répéter cette fatale histoire de Lorenzo ? Le voilà la fable de Florence.

Catherine O ma mère ! la lâcheté n'est point un crime, le courage n'est pas une vertu ; pourquoi la faiblesse serait-elle blâmable ? Répondre des battements de son cœur est un triste privilège. Et pourquoi cet enfant n'aurait-il pas le droit que nous avons toutes, nous autres femmes ? Une femme qui n'a peur de rien n'est pas aimable, dit-on.

Marie Aimerais-tu un homme qui a peur ? Tu rougis, Catherine ; Lorenzo est ton neveu, mais figure-toi qu'il s'appelle de tout autre nom, qu'en penserais-tu ? Quelle femme voudrait s'appuyer sur son bras pour monter à cheval ? quel homme lui serrerait la main ?

Catherine Cela est triste, et cependant ce n'est pas de cela que je le plains. Son cœur n'est peut-être pas celui d'un

Médicis ; mais, hélas ! c'est encore moins celui d'un honnête homme.

Marie N'en parlons pas, Catherine — il est assez cruel pour une mère de ne pouvoir parler de son fils.

Catherine Ah ! cette Florence ! c'est là qu'on l'a perdu ! N'ai-je pas vu briller quelquefois dans ses yeux le feu d'une noble ambition ? Sa jeunesse n'a-t-elle pas été l'aurore d'un soleil levant ? Et souvent encore aujourd'hui il me semble qu'un éclair rapide... Je me dis malgré moi que tout n'est pas mort en lui.

Marie Ah ! tout cela est un abîme ! Tant de facilité, un si doux amour de la solitude ! Ce ne sera jamais un guerrier que mon Renzo, disais-je en le voyant rentrer de son collège, avec ses gros livres sous le bras ; mais un saint amour de la vérité brillait sur ses lèvres et dans ses yeux noirs ; il lui fallait s'inquiéter de tout, dire sans cesse : « Celui-là est pauvre, celui-là est ruiné ; comment faire ? » Et cette admiration pour les grands hommes de son Plutarque ! Catherine, Catherine, que de fois je l'ai baisé au front en pensant au père de la patrie* !

* *Côme de Médicis (1389-1464), dit Côme l'Ancien, grand-père de Laurent le Magnifique (1449-1492).*

Catherine Ne vous affligez pas.

Marie Je dis que je ne veux pas parler de lui, et j'en parle sans cesse. Il y a de certaines choses, vois-tu, les mères ne s'en taisent que dans le silence éternel. Que mon fils eût été un débauché vulgaire, que le sang des Soderini eût été pâle dans cette faible goutte tombée de mes veines, je ne me désespérerais pas ; mais j'ai espéré et j'ai eu raison de le faire. Ah ! Catherine, il n'est même plus beau ; comme une fumée malfaisante, la souillure de son cœur lui est montée au visage. Le sourire, ce doux épanouissement qui rend la jeunesse semblable aux fleurs, s'est enfui de ses joues couleur de soufre, pour y laisser grommeler une ironie ignoble et le mépris de tout.

Catherine Il est encore beau quelquefois dans sa mélancolie étrange.

Marie Sa naissance ne l'appelait-elle pas au trône ? N'aurait-il pas pu y faire monter un jour avec lui la science d'un docteur, la plus belle jeunesse du monde, et couronner d'un diadème d'or tous mes songes chéris ? Ne devais-je pas m'attendre à cela ? Ah ! Cattina, pour dormir tranquille, il faut n'avoir jamais fait certains rêves. Cela est trop cruel d'avoir vécu dans un palais de fées, où murmuraient les cantiques des anges, de s'y être endormie, bercée par son fils, et de se réveiller dans une masure ensanglantée, pleine de débris d'orgie et de restes humains, dans les bras d'un spectre hideux qui vous tue en vous appelant encore du nom de mère.

Catherine Des ombres silencieuses commencent à marcher sur la route. Rentrons, Marie, tous ces bannis me font peur.

Marie Pauvres gens ! ils ne doivent que faire pitié ! Ah ! ne puis-je voir un seul objet qu'il ne m'entre une épine dans le cœur ? Ne puis-je plus ouvrir les yeux ? Hélas ! ma Cattina, ceci est encore l'ouvrage de Lorenzo. Tous ces pauvres bourgeois ont eu confiance en lui ; il n'en est pas un parmi tous ces pères de familles chassés de leur patrie, que mon fils n'ait trahi. Leurs lettres, signées de leurs noms, sont montrées au duc. C'est ainsi qu'il fait tourner à un infâme usage jusqu'à la glorieuse mémoire de ses aïeux. Les républicains s'adressent à lui comme à l'antique rejeton de leur protecteur ; sa maison leur est ouverte, les Strozzi eux-mêmes y viennent. Pauvre Philippe ! il y aura une triste fin pour tes cheveux gris ! Ah ! ne puis-je voir une fille sans pudeur, un malheureux privé de sa famille, sans que tout cela ne me crie : Tu es la mère de nos malheurs ! Quand serai-je là ?

Marie frappe la terre.

Catherine Ma pauvre mère, vos larmes se gagnent.

Marie et Catherine s'éloignent. Le soleil est couché. Un groupe de bannis se forme au milieu d'un champ.

Un des bannis Où allez-vous ?

Un autre A Pise ; et vous ?

Le premier A Rome.

Un autre Et moi à Venise ; en voilà deux qui vont à Ferrare. Que deviendrons-nous ainsi éloignés les uns des autres ?

Un quatrième Adieu, voisin, à des temps meilleurs.

Il s'en va.

Le second Adieu ; pour nous, nous pouvons aller ensemble jusqu'à la croix de la Vierge.

Il sort avec un autre. Arrive Maffio.

Le premier banni C'est toi, Maffio ? par quel hasard es-tu ici ?

Maffio Je suis des vôtres. Vous saurez que le duc a enlevé ma sœur. J'ai tiré l'épée ; une espèce de tigre avec des membres de fer s'est jeté à mon cou et m'a désarmé. Après quoi j'ai reçu l'ordre de sortir de la ville, et une bourse à moitié pleine de ducats.

Le second banni Et ta sœur, où est-elle ?

Maffio On me l'a montrée ce soir sortant du spectacle dans une robe comme n'en a pas l'impératrice ; que Dieu lui pardonne ! Une vieille l'accompagnait, qui a laissé trois de ses dents à la sortie. Jamais je n'ai donné de ma vie un coup de poing qui m'ait fait ce plaisir-là.

Le troisième banni Qu'ils crèvent tous dans leur fange crapuleuse, et nous mourrons contents.

Le quatrième Philippe Strozzi nous écrira à Venise ; quelque jour nous serons tous étonnés de trouver une armée à nos ordres.

Le troisième Que Philippe vive longtemps ! tant qu'il y aura un cheveu sur sa tête, la liberté de l'Italie n'est pas morte.

Une partie du groupe se détache ; tous les bannis s'embrassent.

Une voix A des temps meilleurs.

Une autre A des temps meilleurs.

Deux bannis montent sur une plate-forme d'où l'on découvre la ville.

Le premier Adieu, Florence, peste de l'Italie ; adieu, mère stérile, qui n'as plus de lait pour tes enfants.

Le second Adieu, Florence, la bâtarde, spectre hideux de l'antique Florence ; adieu, fange sans nom.

Tous les bannis Adieu, Florence ! maudites soient les mamelles de tes femmes ! maudits soient tes sanglots ! maudites les prières de tes églises, le pain de tes blés, l'air de tes rues ! Malédiction sur la dernière goutte de ton sang corrompu !

Chez les Strozzi*. Philippe, dans son cabinet.

** Philippe II Strozzi (1489-1538) avait épousé la petite-fille de Laurent le Magnifique, qui lui donna dix enfants. Entré en conflit avec les Médicis en 1527, il s'était rallié au duc Alexandre, mais il marcha sur Florence à la nouvelle de sa mort : vaincu, il se suicida dans sa prison.*

Philippe Dix citoyens bannis dans ce quartier-ci seulement ! le vieux Galeazzo et le petit Maffio bannis, sa sœur corrompue, devenue une fille publique en une nuit ! Pauvre petite ! Quand l'éducation des basses classes sera-t-elle assez forte pour empêcher les petites filles de rire lorsque leurs parents pleurent ! La corruption est-elle donc une loi de nature ? Ce qu'on appelle la vertu, est-ce donc l'habit du dimanche qu'on met pour aller à la messe ? Le reste de la semaine, on est à la croisée, et, tout en tricotant, on regarde les jeunes gens passer. Pauvre humanité ! quel nom portes-tu donc ? celui de ta race, ou celui de ton baptême ? Et nous autres vieux rêveurs, quelle tache originelle avons-nous lavée sur la face humaine depuis quatre ou cinq mille ans que nous jaunissons avec nos livres ? Qu'il t'est facile à toi, dans le silence du cabinet, de tracer d'une main légère une ligne mince et pure comme un cheveu sur ce papier blanc ! qu'il t'est facile de bâtir des palais et des villes avec ce petit compas et un peu d'encre ! Mais l'architecte qui a dans son pupitre des milliers de plans admirables ne peut soulever de terre le premier pavé de son édifice, quand il vient se mettre à l'ouvrage avec son dos voûté et ses idées obstinées. Que le bonheur des hommes ne soit qu'un rêve, cela est pourtant dur ; que le mal soit irrévocable, éternel, impossible à changer... non ! Pourquoi le philosophe qui travaille pour tous regarde-t-il autour de lui ? Voilà le tort. Le moindre insecte qui passe devant ses yeux lui cache le soleil. Allons-y donc plus hardiment ! la république, il nous faut ce mot-là. Et quand ce ne serait qu'un mot, c'est quelque chose, puisque les peuples se lèvent quand il traverse l'air... Ah ! bonjour, Léon.

Entre le prieur de Capoue.

Le prieur Je viens de la foire de Montolivet.

Entre Pierre Strozzi.

Philippe Était-ce beau ? Te voilà aussi, Pierre ? Assieds-toi donc ; j'ai à te parler.

Le prieur C'était très beau, et je me suis assez amusé, sauf certaine contrariété un peu trop forte que j'ai quelque peine à digérer.

Pierre Bah ! qu'est-ce donc ?

Le prieur Figurez-vous que j'étais entré dans une boutique pour prendre un verre de limonade... Mais non, cela est inutile... je suis un sot de m'en souvenir.

Philippe Que diable as-tu sur le cœur ? tu parles comme une âme en peine.

Le prieur Ce n'est rien, un méchant propos, rien de plus. Il n'y a aucune importance à attacher à tout cela.

Pierre Un propos ? sur qui ? sur toi ?

Le prieur Non pas sur moi précisément. Je me soucierais bien d'un propos sur moi.

Pierre Sur qui donc ? Allons, parle, si tu veux.

Le prieur J'ai tort ; on ne se souvient pas de ces choses-là quand on sait la différence d'un honnête homme à un Salviati.

Pierre Salviati ? Qu'a dit cette canaille ?

Le prieur C'est un misérable, tu as raison. Qu'importe ce qu'il peut dire ! Un homme sans pudeur, un valet de cour qui, à ce qu'on raconte, a pour femme la plus grande dévergondée ! Allons, voilà qui est fait, je n'y penserai pas davantage.

Pierre Penses-y et parle, Léon ; c'est-à-dire que cela me démange de lui couper les oreilles. De qui a-t-il médit ? De nous ? de mon père ? Ah ! sang du Christ, je ne l'aime guère, ce Salviati. Il faut que je sache cela, entends-tu ?

Le prieur Si tu y tiens, je te le dirai. Il s'est exprimé devant moi, dans une boutique, d'une manière vraiment offensante sur le compte de notre sœur.

Pierre O mon Dieu ! Dans quels termes ? Allons, parle donc !

Le prieur Dans les termes les plus grossiers.

Pierre Diable de prêtre que tu es ! tu me vois hors de moi d'impatience, et tu cherches tes mots ! Dis les choses comme elles sont, parbleu ! un mot est un mot ; il n'y a pas de Bon Dieu qui tienne.

Philippe Pierre, Pierre ! tu manques à ton frère.

Le prieur Il a dit qu'il coucherait avec elle, voilà son mot, et qu'elle le lui avait promis.

Pierre Qu'elle couch... Ah ! mort de mort, de mille morts ! Quelle heure est-il ?

Philippe Où vas-tu ? Allons, es-tu fait de salpêtre ? Qu'as-tu à faire de cette épée ? tu en as une au côté.

Pierre Je n'ai rien à faire ; allons dîner, le dîner est servi.

Pierre, Philippe et le prieur sortent.

SCÈNE II

Le portail d'une église. Entrent Lorenzo et Valori.

Valori Comment se fait-il que le duc n'y vienne pas ? Ah ! monsieur, quelle satisfaction pour un chrétien que ces pompes magnifiques de l'Église romaine ! Quel homme pourrait y être insensible ? L'artiste ne trouve-t-il pas là le paradis de son cœur ? Le guerrier, le prêtre et le marchand n'y rencontrent-ils pas tout ce qu'ils aiment ? Cette admirable harmonie des orgues, ces tentures éclatantes de velours et de tapisseries, ces tableaux des premiers maîtres, les parfums tièdes et suaves que balancent les encensoirs, et les chants délicieux de ces voix argentines, tout cela peut choquer, par son ensemble mondain, le moine sévère et ennemi du plaisir. Mais rien n'est plus beau, selon moi, qu'une religion qui se fait aimer par de pareils moyens. Pourquoi les prêtres voudraient-ils servir un Dieu jaloux ? La religion n'est pas un oiseau de proie ; c'est une colombe compatissante qui plane doucement sur tous les rêves et sur tous les amours.

Lorenzo Sans doute ; ce que vous dites là est parfaitement vrai, et parfaitement faux, comme tout au monde.

Tebaldeo Freccia* (s'approchant de Valori) Ah ! monseigneur, qu'il est doux de voir un homme tel que Votre Éminence parler ainsi de la tolérance et de l'enthousiasme sacré ! Pardonnez à un citoyen obscur, qui brûle de ce feu divin, de vous remercier de ce peu de paroles que je viens d'entendre. Trouver sur les lèvres d'un honnête homme ce qu'on a soi-même dans le cœur, c'est le plus grand des bonheurs qu'on puisse désirer.

** Musset a inventé ce personnage du peintre.*

Valori N'êtes-vous pas le petit Freccia ?

Tebaldeo Mes ouvrages ont peu de mérite ; je sais mieux aimer les arts que je ne sais les exercer. Ma jeunesse tout entière s'est passée dans les églises. Il me semble que je ne puis admirer ailleurs Raphaël et notre divin Buonarroti*. Je demeure alors durant des journées devant leurs ouvrages, dans une extase sans égale. Le chant de l'orgue me révèle leur pensée, et me fait pénétrer dans leur âme ; je regarde les personnages de leurs tableaux si saintement agenouillés, et j'écoute, comme si les cantiques du chœur sortaient de leurs bouches entrouvertes. Des bouffées d'encens aromatique passent entre eux et moi dans une vapeur légère. Je crois y voir la gloire de l'artiste ; c'est aussi une triste et douce fumée, et qui ne serait qu'un parfum stérile, si elle ne montait à Dieu.

** Michel-Ange (1475-1564) est encore vivant à l'époque de l'action de* Lorenzaccio.

Valori Vous êtes un vrai cœur d'artiste ; venez à mon palais et ayez quelque chose sous votre manteau quand vous y viendrez. Je veux que vous travailliez pour moi.

Tebaldeo C'est trop d'honneur que me fait Votre Éminence. Je suis un desservant bien humble de la sainte religion de la peinture.

Lorenzo Pourquoi remettre vos offres de service ? Vous avez, il me semble, un cadre dans les mains.

Tebaldeo Il est vrai ; mais je n'ose le montrer à de si grands connaisseurs. C'est une esquisse bien pauvre d'un rêve magnifique.

Lorenzo Vous faites le portrait de vos rêves ? Je ferai poser pour vous quelques-uns des miens.

Tebaldeo Réaliser des rêves, voilà la vie du peintre. Les plus grands ont représenté les leurs dans toute leur force, et sans y rien changer. Leur imagination était un arbre plein de sève ; les bourgeons s'y métamorphosaient sans peine en fleurs, et les fleurs en fruits ; bientôt ces fruits mûrissaient à un soleil bienfaisant, et, quand ils étaient mûrs, ils se détachaient d'eux-mêmes et tombaient sur la terre, sans perdre un seul grain de leur poussière virginale. Hélas ! les rêves des artistes médiocres sont des plantes difficiles à nourrir, et qu'on arrose de larmes bien amères pour les faire bien peu prospérer.

Tebaldeo montre son tableau.

Valori Sans compliment, cela est beau, — non pas du premier mérite, il est vrai — pourquoi flatterais-je un homme qui ne se flatte pas lui-même ? Mais votre barbe n'est pas encore poussée, jeune homme.

Lorenzo Est-ce un paysage ou un portrait ? De quel côté faut-il le regarder, en long ou en large ?

Tebaldeo Votre Seigneurie se rit de moi. C'est la vue du Campo Santo*.

** S'agit-il du cimetière de Florence ou du célèbre monument de Pise ?*

Lorenzo Combien y a-t-il d'ici à l'immortalité ?

Valori Il est mal à vous de plaisanter cet enfant. Voyez comme ses grands yeux s'attristent à chacune de vos paroles.

Tebaldeo L'immortalité, c'est la foi. Ceux à qui Dieu a donné des ailes y arrivent en souriant.

Valori Tu parles comme un élève de Raphaël.

Tebaldeo Seigneur, c'était mon maître. Ce que j'ai appris vient de lui.

Lorenzo Viens chez moi, je te ferai peindre la Mazzafirra* toute nue.

Tebaldeo Je ne respecte point mon pinceau, mais je respecte mon art. Je ne puis faire le portrait d'une courtisane.

Lorenzo Ton Dieu s'est bien donné la peine de la faire ; tu peux bien te donner celle de la peindre. Veux-tu me faire une vue de Florence ?

Tebaldeo Oui, monseigneur.

Lorenzo Comment t'y prendrais-tu ?

Tebaldeo Je me placerais à l'orient, sur la rive gauche de l'Arno. C'est de cet endroit que la perspective est la plus large et la plus agréable.

Lorenzo Tu peindrais Florence, les places, les maisons et les rues ?

Tebaldeo Oui, monseigneur.

Lorenzo Pourquoi donc ne peux-tu peindre une courtisane, si tu peux peindre un mauvais lieu ?

Tebaldeo On ne m'a point encore appris à parler ainsi de ma mère.

Lorenzo Qu'appelles-tu ta mère ?

Tebaldeo Florence, seigneur.

Lorenzo Alors, tu n'es qu'un bâtard, car ta mère n'est qu'une catin.

Tebaldeo Une blessure sanglante peut engendrer la corruption dans le corps le plus sain. Mais des gouttes précieuses du sang de ma mère sort une plante odorante qui guérit tous les maux. L'art, cette fleur divine, a quelquefois besoin du fumier pour engraisser le sol et le féconder.

Lorenzo Comment entends-tu ceci ?

Tebaldeo Les nations paisibles et heureuses ont quelquefois brillé d'une clarté pure, mais faible. Il y a plusieurs cordes

* *C'est le nom du modèle de la Judith peinte par Allori (1535-1607) : elle vécut postérieurement à l'action de* Lorenzaccio.

à la harpe des anges ; le zéphyr peut murmurer sur les plus faibles, et tirer de leur accord une harmonie suave et délicieuse ; mais la corde d'argent ne s'ébranle qu'au passage du vent du nord. C'est la plus belle et la plus noble ; et cependant le toucher d'une rude main lui est favorable. L'enthousiasme est frère de la souffrance.

Lorenzo C'est-à-dire qu'un peuple malheureux fait les grands artistes. Je me ferais volontiers l'alchimiste de ton alambic ; les larmes des peuples y retombent en perles. Par la mort du diable ! tu me plais. Les familles peuvent se désoler, les nations mourir de misère, cela échauffe la cervelle de monsieur. Admirable poète ! comment arranges-tu tout cela avec ta piété ?

Tebaldeo Je ne ris point du malheur des familles ; je dis que la poésie est la plus douce des souffrances, et qu'elle aime ses sœurs. Je plains les peuples malheureux, mais je crois en effet qu'ils font les grands artistes. Les champs de bataille font pousser les moissons, les terres corrompues engendrent le blé céleste.

Lorenzo Ton pourpoint est usé ; en veux-tu un à ma livrée ?

Tebaldeo Je n'appartiens à personne. Quand la pensée veut être libre, le corps doit l'être aussi.

Lorenzo J'ai envie de dire à mon valet de chambre de te donner des coups de bâton.

Tebaldeo Pourquoi, monseigneur ?

Lorenzo Parce que cela me passe par la tête. Es-tu boiteux de naissance ou par accident ?

Tebaldeo Je ne suis pas boiteux ; que voulez-vous dire par là ?

Lorenzo Tu es boiteux ou tu es fou.

Tebaldeo Pourquoi, monseigneur ? Vous vous riez de moi.

Lorenzo Si tu n'étais pas boiteux, comment resterais-tu, à moins d'être fou, dans une ville où, en l'honneur de tes idées de liberté, le premier valet d'un Médicis peut t'assommer sans qu'on y trouve à redire ?

ACTE II SCÈNE II

Tebaldeo J'aime ma mère Florence ; c'est pourquoi je reste chez elle. Je sais qu'un citoyen peut être assassiné en plein jour et en pleine rue, selon le caprice de ceux qui la gouvernent ; c'est pourquoi je porte ce stylet à ma ceinture.

Lorenzo Frapperais-tu le duc si le duc te frappait, comme il lui est arrivé souvent de commettre, par partie de plaisir, des meurtres facétieux ?

Tebaldeo Je le tuerais, s'il m'attaquait.

Lorenzo Tu me dis cela, à moi ?

Tebaldeo Pourquoi m'en voudrait-on ? je ne fais de mal à personne. Je passe les journées à l'atelier. Le dimanche, je vais à l'Annonciade ou à Sainte-Marie ; les moines trouvent que j'ai de la voix ; ils me mettent une robe blanche et une calotte rouge, et je fais ma partie dans les chœurs, quelquefois un petit solo : ce sont les seules occasions où je vais en public. Le soir, je vais chez ma maîtresse, et quand la nuit est belle, je la passe sur son balcon. Personne ne me connaît, et je ne connais personne ; à qui ma vie ou ma mort peut-elle être utile ?

Lorenzo Es-tu républicain ? aimes-tu les princes ?

Tebaldeo Je suis artiste ; j'aime ma mère et ma maîtresse.

Lorenzo Viens demain à mon palais, je veux te faire faire un tableau d'importance pour le jour de mes noces.

Tebaldeo et Lorenzo sortent.

ACTE II SCÈNE III

Chez la marquise Cibo. Le cardinal, seul.

Le cardinal Oui, je suivrai tes ordres, Farnèse* ! Que ton commissaire apostolique s'enferme avec sa probité dans le cercle étroit de son office, je remuerai d'une main ferme la terre glissante sur laquelle il n'ose marcher. Tu attends cela de moi, je l'ai compris, et j'agirai sans parler, comme tu as commandé. Tu as deviné qui j'étais, lorsque tu m'as placé

* *« Le pape Paul III » (note de Musset).*

auprès d'Alexandre sans me revêtir d'aucun titre qui me donnât quelque pouvoir sur lui. C'est d'un autre qu'il se défiera, en m'obéissant à son insu. Qu'il épuise sa force contre des ombres d'hommes gonflés d'une ombre de puissance, je serai l'anneau invisible qui l'attachera, pieds et poings liés, à la chaîne de fer dont Rome et César tiennent les deux bouts. Si mes yeux ne me trompent pas, c'est dans cette maison qu'est le marteau dont je me servirai. Alexandre aime ma belle-sœur ; que cet amour l'ait flattée, cela est croyable ; ce qui peut en résulter est douteux ; mais ce qu'elle en veut faire, c'est là ce qui est certain pour moi. Qui sait jusqu'où pourrait aller l'influence d'une femme exaltée, même sur cet homme grossier, sur cette armure vivante ? Un si doux péché pour une si belle cause, cela est tentant, n'est-il pas vrai, Ricciarda ? Presser ce cœur de lion sur ton faible cœur tout percé de flèches sanglantes, comme celui de saint Sébastien ; parler, les yeux en pleurs, des malheurs de la patrie, pendant que le tyran adoré passera ses rudes mains dans ta chevelure dénouée ; faire jaillir d'un rocher l'étincelle sacrée, cela valait bien le petit sacrifice de l'honneur conjugal, et de quelques autres bagatelles. Florence y gagnerait tant, et ces bons maris n'y perdent rien ! Mais il ne fallait pas me prendre pour confesseur.

La voici qui s'avance, son livre de prières à la main. Aujourd'hui donc tout va s'éclaircir — laisse seulement tomber ton secret dans l'oreille du prêtre ; le courtisan pourra bien en profiter, mais, en conscience, il n'en dira rien.

Entre la marquise.

Le cardinal (s'asseyant) Me voilà prêt.

La marquise s'agenouille auprès de lui sur son prie-Dieu.

La marquise Bénissez-moi, mon père, parce que j'ai péché.

Le cardinal Avez-vous dit votre *Confiteor* ? Nous pouvons commencer, marquise.

La marquise Je m'accuse de mouvements de colère, de doutes irréligieux et injurieux pour notre saint-père le pape.

Le cardinal Continuez.

La marquise J'ai dit hier, dans une assemblée, à propos de l'évêque de Fano, que la sainte Église catholique était un lieu de débauche.

Le cardinal Continuez.

La marquise J'ai écouté des discours contraires à la fidélité que j'ai jurée à mon mari.

Le cardinal Qui vous a tenu ces discours ?

La marquise J'ai lu une lettre écrite dans la même pensée.

Le cardinal Qui vous a écrit cette lettre ?

La marquise Je m'accuse de ce que j'ai fait, et non de ce qu'ont fait les autres.

Le cardinal Ma fille, vous devez me répondre, si vous voulez que je puisse vous donner l'absolution en toute sécurité. Avant tout, dites-moi si vous avez répondu à cette lettre.

La marquise J'y ai répondu de vive voix, mais non par écrit.

Le cardinal Qu'avez-vous répondu ?

La marquise J'ai accordé à la personne qui m'avait écrit la permission de me voir comme elle le demandait.

Le cardinal Comment s'est passée cette entrevue ?

La marquise Je me suis accusée déjà d'avoir écouté des discours contraires à mon honneur.

Le cardinal Comment y avez-vous répondu ?

La marquise Comme il convient à une femme qui se respecte.

Le cardinal N'avez-vous point laissé entrevoir qu'on finirait par vous persuader ?

La marquise Non, mon père.

Le cardinal Avez-vous annoncé à la personne dont il s'agit la résolution de ne plus écouter de semblables discours à l'avenir ?

La marquise Oui, mon père.

Le cardinal Cette personne vous plaît-elle ?

La marquise Mon cœur n'en sait rien, j'espère.

Le cardinal Avez-vous averti votre mari ?

La marquise Non, mon père. Une honnête femme ne doit point troubler son ménage par des récits de cette sorte.

Le cardinal Ne me cachez-vous rien ? Ne s'est-il rien passé entre vous et la personne dont il s'agit, que vous hésitiez à me confier ?

La marquise Rien, mon père.

Le cardinal Pas un regard ? pas un baiser pris à la dérobée ?

La marquise Non, mon père.

Le cardinal Cela est-il sûr, ma fille ?

La marquise Mon beau-frère, il me semble que je n'ai pas l'habitude de mentir devant Dieu.

Le cardinal Vous avez refusé de me dire le nom que je vous ai demandé tout à l'heure ; je ne puis cependant vous donner l'absolution sans le savoir.

La marquise Pourquoi cela ? Lire une lettre peut être un péché, mais non pas lire une signature. Qu'importe le nom à la chose ?

Le cardinal Il importe plus que vous ne pensez.

La marquise Malaspina, vous en voulez trop savoir. Refusez-moi l'absolution, si vous voulez ; je prendrai pour confesseur le premier prêtre venu, qui me la donnera.

La marquise se lève.

Le cardinal Quelle violence, marquise ! Est-ce que je ne sais pas que c'est du duc que vous voulez parler ?

La marquise Du duc ! — Eh bien ! si vous le savez, pourquoi voulez-vous me le faire dire ?

Le cardinal Pourquoi refusez-vous de le dire ? Cela m'étonne.

La marquise Et qu'en voulez-vous faire, vous, mon confesseur ? Est-ce pour le répéter à mon mari que vous tenez si fort à l'entendre ? Oui, cela est bien certain ; c'est un tort que d'avoir pour confesseur un de ses parents. Le ciel m'est témoin qu'en m'agenouillant devant vous, j'oublie que je suis votre belle-sœur ; mais vous prenez soin de me le rappeler. Prenez garde, Cibo, prenez garde à votre salut éternel, tout cardinal que vous êtes.

Le cardinal Revenez donc à cette place, marquise ; il n'y a pas tant de mal que vous croyez.

La marquise Que voulez-vous dire ?

Le cardinal Qu'un confesseur doit tout savoir, parce qu'il peut tout diriger, et qu'un beau-frère ne doit rien dire, à certaines conditions.

La marquise Quelles conditions ?

Le cardinal Non, non, je me trompe ; ce n'était pas ce mot-là que je voulais employer. Je voulais dire que le duc est puissant, qu'une rupture avec lui peut nuire aux plus riches familles ; mais qu'un secret d'importance entre des mains expérimentées peut devenir une source de biens abondante.

La marquise Une source de biens ! — des mains expérimentées ! — Je reste là, en vérité, comme une statue. Que couves-tu, prêtre, sous ces paroles ambiguës ? Il y a certains assemblages de mots qui passent par instants sur vos lèvres, à vous autres ; on ne sait qu'en penser.

Le cardinal Revenez donc vous asseoir là, Ricciarda. Je ne vous ai point encore donné l'absolution.

La marquise Parlez toujours ; il n'est pas prouvé que j'en veuille.

Le cardinal (se levant) Prenez garde à vous, marquise ! Quand on veut me braver en face, il faut avoir une armure solide et sans défaut ; je ne veux point menacer, je n'ai qu'un mot à vous dire : prenez un autre confesseur.

Le cardinal sort.

La marquise (seule) Cela est inouï. S'en aller en serrant les poings, les yeux enflammés de colère ! Parler de mains expérimentées, de direction à donner à certaines choses !

Eh ! mais qu'y a-t-il donc ? Qu'il voulût pénétrer mon secret pour en informer mon mari, je le conçois ; mais, si ce n'est pas là son but, que veut-il donc faire de moi ? La maîtresse du duc ? Tout savoir, dit-il, et tout diriger ! — Cela n'est pas possible ! — Il y a quelque autre mystère plus sombre et plus inexplicable là-dessous ; Cibo ne ferait pas un pareil métier. Non ! cela est sûr ; je le connais. C'est bon pour un Lorenzaccio ; mais lui ! il faut qu'il ait quelque sourde pensée, plus vaste que cela et plus profonde. Ah ! comme les hommes sortent d'eux-mêmes tout à coup après dix ans de silence ! Cela est effrayant.

Maintenant, que ferai-je ? Est-ce que j'aime Alexandre ? Non, je ne l'aime pas, non, assurément ; j'ai dit que non dans ma confession, et je n'ai pas menti. Pourquoi Laurent est-il à Massa ? Pourquoi le duc me presse-t-il ? Pourquoi ai-je répondu que je ne voulais plus le voir ? pourquoi ? — Ah ! pourquoi y a-t-il dans tout cela un aimant, un charme inexplicable qui m'attire ? (Elle ouvre sa fenêtre.) Que tu es belle, Florence, mais que tu es triste ! Il y a là plus d'une maison où Alexandre est entré la nuit, couvert de son manteau ; c'est un libertin, je le sais. — Et pourquoi est-ce que tu te mêles à tout cela, toi, Florence ? Qui est-ce donc que j'aime ? Est-ce toi ? Est-ce lui ?

Agnolo (entrant) Madame, Son Altesse vient d'entrer dans la cour.

La marquise Cela est singulier ; ce Malaspina m'a laissée toute tremblante.

SCÈNE IV

Au palais des Soderini. Marie Soderini, Catherine, Lorenzo assis.

Catherine (tenant un livre) Quelle histoire vous lirai-je, ma mère ?

Marie Ma Cattina se moque de sa pauvre mère. Est-ce que je comprends rien à tes livres latins ?

Catherine Celui-ci n'est point en latin, mais il en est traduit. C'est l'histoire romaine.

Lorenzo Je suis très fort sur l'histoire romaine. Il y avait une fois un jeune gentilhomme nommé Tarquin le fils*.

Catherine Ah ! c'est une histoire de sang.

Lorenzo Pas du tout ; c'est un conte de fées. Brutus* était un fou, un monomane, rien de plus. Tarquin était un duc plein de sagesse, qui allait voir en pantoufles si les petites filles dormaient bien.

Catherine Dites-vous aussi du mal de Lucrèce ?

Lorenzo Elle s'est donné le plaisir du péché et la gloire du trépas. Elle s'est laissé prendre toute vive comme une alouette au piège, et puis elle s'est fourré bien gentiment son petit couteau dans le ventre.

Marie Si vous méprisez les femmes, pourquoi affectez-vous de les rabaisser devant votre mère et votre sœur ?

Lorenzo Je vous estime, vous et elle. Hors de là, le monde me fait horreur.

Marie Sais-tu le rêve que j'ai eu cette nuit, mon enfant ?

Lorenzo Quel rêve ?

Marie Ce n'était point un rêve, car je ne dormais pas. J'étais seule dans cette grande salle ; ma lampe était loin de moi, sur cette table auprès de la fenêtre. Je songeais aux jours où j'étais heureuse, aux jours de ton enfance, mon Lorenzino. Je regardais cette nuit obscure, et je me disais : il ne rentrera qu'au jour, lui qui passait autrefois les nuits à travailler. Mes yeux se remplissaient de larmes, et je secouais la tête en les sentant couler. J'ai entendu tout d'un coup marcher lentement dans la galerie ; je me suis retournée ; un homme vêtu de noir venait à moi, un livre sous le bras — c'était toi, Renzo : « Comme tu reviens de bonne heure ! » me suis-je écriée. Mais le spectre s'est assis auprès de la lampe sans me répondre ; il a ouvert son livre, et j'ai reconnu mon Lorenzino d'autrefois.

Lorenzo Vous l'avez vu ?

** Il s'agit de Sextus Tarquin, qui voulut violer Lucrèce : la jeune femme, sous l'outrage, se tua d'un coup de poignard.*

** Lucius Junius Brutus, après le suicide de Lucrèce, souleva le peuple et fit abolir la royauté. Il avait longtemps simulé la folie, dit-on, pour tromper Tarquin le Superbe sur sa personnalité. Quant à Brutus, le meurtrier de César, il vécut quatre siècles plus tard : Musset superpose ces personnages.*

Marie Comme je te vois.

Lorenzo Quand s'en est-il allé ?

Marie Quand tu as tiré la cloche ce matin en rentrant.

Lorenzo Mon spectre, à moi ! Et il s'en est allé quand je suis rentré ?

Marie Il s'est levé d'un air mélancolique, et s'est effacé comme une vapeur du matin.

Lorenzo Catherine, Catherine, lis-moi l'histoire de Brutus.

Catherine Qu'avez-vous ? vous tremblez de la tête aux pieds.

Lorenzo Ma mère, asseyez-vous ce soir à la place où vous étiez cette nuit, et si mon spectre revient, dites-lui qu'il verra bientôt quelque chose qui l'étonnera.

On frappe.

Catherine C'est mon oncle Bindo et Baptista Venturi.

Entrent Bindo et Venturi.

Bindo (bas à Marie) Je viens tenter un dernier effort.

Marie Nous vous laissons ; puissiez-vous réussir !

Marie sort avec Catherine.

Bindo Lorenzo, pourquoi ne démens-tu pas l'histoire scandaleuse qui court sur ton compte ?

Lorenzo Quelle histoire ?

Bindo On dit que tu t'es évanoui à la vue d'une épée.

Lorenzo Le croyez-vous, mon oncle ?

Bindo Je t'ai vu faire des armes à Rome ; mais cela ne m'étonnerait pas que tu devinsses plus vil qu'un chien, au métier que tu fais ici.

Lorenzo L'histoire est vraie, je me suis évanoui. Bonjour, Venturi. A quel taux sont vos marchandises ? comment va le commerce ?

Venturi Seigneur, je suis à la tête d'une fabrique de soie ; mais c'est me faire injure que de m'appeler marchand.

Lorenzo C'est vrai. Je voulais dire seulement que vous aviez contracté au collège l'habitude innocente de vendre de la soie.

Bindo J'ai confié au seigneur Venturi les projets qui occupent en ce moment tant de familles à Florence. C'est un digne ami de la liberté, et j'entends, Lorenzo, que vous le traitiez comme tel. Le temps de plaisanter est passé. Vous nous avez dit quelquefois que cette confiance extrême que le duc vous témoigne n'était qu'un piège de votre part. Cela est-il vrai ou faux ? Êtes-vous des nôtres, ou n'en êtes-vous pas ? Voilà ce qu'il nous faut savoir. Toutes les grandes familles voient bien que le despotisme des Médicis n'est ni juste ni tolérable. De quel droit laisserions-nous s'élever paisiblement cette maison orgueilleuse sur les ruines de nos privilèges ? La capitulation n'est point observée. La puissance de l'Allemagne se fait sentir de jour en jour d'une manière plus absolue. Il est temps d'en finir et de rassembler les patriotes. Répondrez-vous à cet appel ?

Lorenzo Qu'en dites-vous, seigneur Venturi ? Parlez, parlez ! Voilà mon oncle qui reprend haleine. Saisissez cette occasion, si vous aimez votre pays.

Venturi Seigneur, je pense de même, et je n'ai pas un mot à ajouter.

Lorenzo Pas un mot ? pas un beau petit mot bien sonore ? Vous ne connaissez pas la véritable éloquence. On tourne une grande période autour d'un beau petit mot, pas trop court ni trop long, et rond comme une toupie. On rejette son bras gauche en arrière de manière à faire faire à son manteau des plis pleins d'une dignité tempérée par la grâce ; on lâche sa période qui se déroule comme une corde ronflante, et la petite toupie s'échappe avec un murmure délicieux. On pourrait presque la ramasser dans le creux de la main, comme les enfants des rues.

Bindo Tu es un insolent ! Réponds, ou sors d'ici.

Lorenzo Je suis des vôtres, mon oncle. Ne voyez-vous pas à ma coiffure que je suis républicain dans l'âme ? Regardez comme ma barbe est coupée*. N'en doutez pas un seul instant ; l'amour de la patrie respire dans mes vêtements les plus cachés.

* *Anachronisme : Musset fait allusion aux libéraux de 1830, qui se rasaient la barbe contrairement aux ultras.*

On sonne à la porte d'entrée. La cour se remplit de pages et de chevaux.

Un page (en entrant) Le duc !

Entre Alexandre.

Lorenzo Quel excès de faveur, mon prince ! Vous daignez visiter un pauvre serviteur en personne ?

Le duc Quels sont ces hommes-là ? J'ai à te parler.

Lorenzo J'ai l'honneur de présenter à Votre Altesse mon oncle Bindo Altoviti, qui regrette qu'un long séjour à Naples ne lui ait pas permis de se jeter plus tôt à vos pieds. Cet autre seigneur est l'illustre Baptista Venturi, qui fabrique, il est vrai, de la soie, mais qui n'en vend point. Que la présence inattendue d'un si grand prince dans cette humble maison ne vous trouble pas, mon cher oncle, ni vous non plus, digne Venturi. Ce que vous demandez vous sera accordé, ou vous serez en droit de dire que mes supplications n'ont aucun crédit auprès de mon gracieux souverain.

Le duc Que demandez-vous, Bindo ?

Bindo Altesse, je suis désolé que mon neveu...

Lorenzo Le titre d'ambassadeur à Rome n'appartient à personne en ce moment. Mon oncle se flattait de l'obtenir de vos bontés. Il n'est pas dans Florence un seul homme qui puisse soutenir la comparaison avec lui, dès qu'il s'agit du dévouement et du respect qu'on doit aux Médicis.

Le duc En vérité, Renzino ? Eh bien ! mon cher Bindo, voilà qui est dit. Viens demain au palais.

Bindo Altesse, je suis confondu. Comment reconnaître...

Lorenzo Le seigneur Venturi, bien qu'il ne vende point de soie, demande un privilège pour ses fabriques.

Le duc Quel privilège ?

Lorenzo Vos armoiries sur la porte, avec le brevet. Accordez-le-lui, monseigneur, si vous aimez ceux qui vous aiment.

Le duc Voilà qui est bon. Est-ce fini ? Allez, messieurs, la paix soit avec vous.

Venturi Altesse !... vous me comblez de joie... je ne puis exprimer...

Le duc (à ses gardes) Qu'on laisse passer ces deux personnes.

Bindo (sortant, bas à Venturi) C'est un tour infâme.

Venturi (de même) Qu'est-ce que vous ferez ?

Bindo (de même) Que diable veux-tu que je fasse ? Je suis nommé.

Venturi (de même.) Cela est terrible.

Venturi et Bindo sortent.

Le duc La Cibo est à moi.

Lorenzo J'en suis fâché.

Le duc Pourquoi ?

Lorenzo Parce que cela fera tort aux autres.

Le duc Ma foi, non, elle m'ennuie déjà. Dis-moi donc, mignon, quelle est donc cette belle femme qui arrange ces fleurs sur cette fenêtre ? Voilà longtemps que je la vois sans cesse en passant.

Lorenzo Où donc ?

Le duc Là-bas, en face, dans le palais.

Lorenzo Oh ! ce n'est rien.

Le duc Rien ? Appelles-tu rien ces bras-là ? Quelle Vénus, entrailles du diable !

Lorenzo C'est une voisine.

Le duc Je veux parler à cette voisine-là. Eh ! parbleu, si je ne me trompe, c'est Catherine Ginori.

Lorenzo Non.

Le duc Je la reconnais très bien ; c'est ta tante. Peste ! j'avais oublié cette figure-là. Amène-la donc souper.

Lorenzo Cela serait très difficile. C'est une vertu.

Le duc Allons donc ! Est-ce qu'il y en a pour nous autres ?

Lorenzo Je le lui demanderai, si vous voulez. Mais je vous avertis que c'est une pédante ; elle parle latin.

Le duc Bon ! elle ne fait pas l'amour en latin. Viens donc par ici ; nous la verrons mieux de cette galerie.

Lorenzo Une autre fois, mignon — à l'heure qu'il est je n'ai pas de temps à perdre — il faut que j'aille chez le Strozzi.

Le duc Quoi ! chez ce vieux fou ?

Lorenzo Oui, chez ce vieux misérable, chez cet infâme. Il paraît qu'il ne peut se guérir de cette singulière lubie d'ouvrir sa bourse à toutes ces viles créatures qu'on nomme bannis, et que ces meurt-de-faim se réunissent chez lui tous les jours, avant de mettre leurs souliers et de prendre leurs bâtons. Maintenant, mon projet est d'aller au plus vite manger le dîner de ce vieux gibier de potence, et de lui renouveler l'assurance de ma cordiale amitié. J'aurai ce soir quelque bonne histoire à vous conter, quelque charmante fredaine qui pourra faire lever de bonne heure demain matin quelques-unes de toutes ces canailles.

Le duc Que je suis heureux de t'avoir, mignon ! J'avoue que je ne comprends pas comment ils te reçoivent.

Lorenzo Bon ! Si vous saviez comme cela est aisé de mentir impudemment au nez d'un butor ! Cela prouve bien que vous n'avez jamais essayé. A propos, ne m'avez-vous pas dit que vous vouliez donner votre portrait, je ne sais plus à qui ? J'ai un peintre à vous amener ; c'est un protégé.

Le duc Bon, bon, mais pense à la tante. C'est pour elle que je suis venu te voir ; le diable m'emporte, tu as une tante qui me revient.

Lorenzo Et la Cibo ?

Le duc Je te dis de parler de moi à ta tante.

Le duc et Lorenzo sortent.

Une salle du palais des Strozzi. Philippe Strozzi, le prieur, Louise, occupée à travailler ; Lorenzo, couché sur un sofa*.

* *Anachronisme.*

Philippe Dieu veuille qu'il n'en soit rien ! Que de haines inextinguibles, implacables, n'ont pas commencé autrement ! Un propos ! la fumée d'un repas jasant sur les lèvres épaisses d'un débauché ! voilà les guerres de famille, voilà comme les couteaux se tirent. On est insulté, et on tue ; on a tué, et on est tué. Bientôt les haines s'enracinent ; on berce les fils dans les cercueils de leurs aïeux, et des générations entières sortent de terre l'épée à la main.

Le prieur J'ai peut-être eu tort de me souvenir de ce méchant propos et de ce maudit voyage à Montolivet ; mais le moyen d'endurer ces Salviati ?

Philippe Ah ! Léon, Léon, je te le demande ; qu'y aurait-il de changé pour Louise et pour nous-mêmes, si tu n'avais rien dit à mes enfants ? La vertu d'une Strozzi ne peut-elle oublier un mot d'un Salviati ? L'habitant d'un palais de marbre doit-il savoir les obscénités que la populace écrit sur ses murs ? Qu'importe le propos d'un Julien ? Ma fille en trouvera-t-elle moins un honnête mari ? Ses enfants la respecteront-ils moins ? M'en souviendrai-je, moi, son père, en lui donnant le baiser du soir ? Où en sommes-nous, si l'insolence du premier venu tire du fourreau des épées comme les nôtres ? Maintenant tout est perdu ; voilà Pierre furieux de tout ce que tu nous as conté. Il s'est mis en campagne ; il est allé chez les Pazzi. Dieu sait ce qui peut arriver ! Qu'il rencontre Salviati, voilà le sang répandu, le mien, mon sang sur le pavé de Florence ! Ah ! pourquoi suis-je père ?

Le prieur Si l'on m'eût rapporté un propos sur ma sœur, quel qu'il fût, j'aurais tourné le dos, et tout aurait été fini là. Mais celui-là m'était adressé ; il était si grossier que je me suis figuré que le rustre ne savait de qui il parlait — mais il le savait bien.

Philippe Oui, ils le savent, les infâmes ! ils savent bien où ils frappent ! Le vieux tronc d'arbre est d'un bois trop solide ; ils ne viendraient pas l'entamer. Mais ils connaissent la fibre délicate qui tressaille dans ses entrailles, lorsqu'on attaque son plus faible bourgeon. Ma Louise ! ah ! qu'est-ce donc que la raison ? Les mains me tremblent à cette idée. Juste Dieu ! la raison, est-ce donc la vieillesse ?

Le prieur Pierre est trop violent.

Philippe Pauvre Pierre ! comme le rouge lui est monté au front ! comme il a frémi en t'écoutant raconter l'insulte faite à sa sœur ! C'est moi qui suis un fou, car je t'ai laissé dire. Pierre se promenait par la chambre à grands pas, inquiet, furieux, la tête perdue ; il allait et venait, comme moi maintenant. Je le regardais en silence ; c'est un si beau spectacle qu'un sang pur montant à un front sans reproche. O ma patrie ! pensais-je, en voilà un, et c'est mon aîné. Ah ! Léon, j'ai beau faire, je suis un Strozzi.

Le prieur Il n'y a peut-être pas tant de danger que vous le pensez. — C'est un grand hasard s'il rencontre Salviati ce soir. — Demain, nous verrons tous les choses plus sagement.

Philippe N'en doute pas ; Pierre le tuera, ou il se fera tuer. (Il ouvre la fenêtre.) Où sont-ils maintenant ? Voilà la nuit ; la ville se couvre de profondes ténèbres. Ces rues sombres me font horreur — le sang coule quelque part, j'en suis sûr.

Le prieur Calmez-vous.

Philippe A la manière dont mon Pierre est sorti, je suis sûr qu'on ne le reverra que vengé ou mort. Je l'ai vu décrocher son épée en fronçant le sourcil ; il se mordait les lèvres, et les muscles de ses bras étaient tendus comme des arcs. Oui, oui, maintenant il meurt ou il est vengé, cela n'est pas douteux.

Le prieur Remettez-vous, fermez cette fenêtre.

Philippe Eh bien, Florence, apprends-la donc à tes pavés, la couleur de mon noble sang ! il y a quarante de tes fils qui l'ont dans les veines. Et moi, le chef de cette famille immense, plus d'une fois encore ma tête blanche se penchera du haut de ces fenêtres, dans les angoisses paternelles ! plus d'une fois, ce sang, que tu bois peut-être à cette heure avec indifférence, séchera au soleil de tes places. Mais ne ris pas ce soir du vieux Strozzi, qui a peur pour son enfant. Sois avare de sa famille, car il viendra un jour où tu la compteras, où tu te mettras avec lui à la fenêtre, et où le cœur te battra aussi lorsque tu entendras le bruit de nos épées.

Louise Mon père ! mon père ! vous me faites peur.

Le prieur (bas à Louise) N'est-ce pas Thomas qui rôde sous ces lanternes ? Il m'a semblé le reconnaître à sa petite taille ; le voilà parti.

Philippe Pauvre ville, où les pères attendent ainsi le retour de leurs enfants ! Pauvre patrie ! pauvre patrie ! Il y en a bien d'autres à cette heure qui ont pris leurs manteaux et leurs épées pour s'enfoncer dans cette nuit obscure — et ceux qui les attendent ne sont point inquiets — ils savent qu'ils mourront demain de misère, s'ils ne meurent de froid cette nuit. Et nous, dans ces palais somptueux, nous attendons qu'on nous insulte pour tirer nos épées ! Le propos d'un ivrogne nous transporte de colère, et disperse dans ces sombres rues nos fils et nos amis ! Mais les malheurs publics ne secouent pas la poussière de nos armes. On croit Philippe Strozzi un honnête homme, parce qu'il fait le bien sans empêcher le mal ! Et maintenant, moi, père, que ne donnerais-je pas pour qu'il y eût au monde un être capable de me rendre mon fils et de punir juridiquement l'insulte faite à ma fille ! Mais pourquoi empêcherait-on le mal qui m'arrive, quand je n'ai pas empêché celui qui arrive aux autres, moi qui en avais le pouvoir ? Je me suis courbé sur des livres, et j'ai rêvé pour ma patrie ce que j'admirais dans l'antiquité. Les murs criaient vengeance autour de moi, et je me bouchais les oreilles pour m'enfoncer dans mes méditations — il a fallu que la tyrannie vînt me frapper au visage pour me faire dire : Agissons ! — et ma vengeance a des cheveux gris.

Entrent Pierre avec Thomas et François Pazzi.

Pierre C'est fait ; Salviati est mort.

Pierre embrasse sa sœur.

Louise Quelle horreur ! tu es couvert de sang.

Pierre Nous l'avons attendu au coin de la rue des Archers ; François a arrêté son cheval ; Thomas l'a frappé à la jambe, et moi...

Louise Tais-toi ! tais-toi ! tu me fais frémir. Tes yeux sortent de leurs orbites — tes mains sont hideuses — tout ton corps tremble, et tu es pâle comme la mort.

Lorenzo (se levant) Tu es beau, Pierre, tu es grand comme la vengeance.

Pierre Qui dit cela ? Te voilà ici, toi, Lorenzaccio ! (Il s'approche de son père.) Quand donc fermerez-vous votre porte à ce misérable ? ne savez-vous donc pas ce que c'est, sans compter l'histoire de son duel avec Maurice ?

Philippe C'est bon, je sais tout cela. Si Lorenzo est ici, c'est que j'ai de bonnes raisons pour l'y recevoir. Nous en parlerons en temps et lieu.

Pierre (entre ses dents) Hum ! des raisons pour recevoir cette canaille ! Je pourrais bien en trouver, un de ces matins, une très bonne aussi pour le faire sauter par les fenêtres. Dites ce que vous voudrez, j'étouffe dans cette chambre de voir une pareille lèpre se traîner sur nos fauteuils.

Philippe Allons, paix ! tu es un écervelé. Dieu veuille que ton coup de ce soir n'ait pas de mauvaises suites pour nous ! Il faut commencer par te cacher.

Pierre Me cacher ! Et au nom de tous les saints, pourquoi me cacherais-je ?

Lorenzo (à Thomas) En sorte que vous l'avez frappé à l'épaule ? — Dites-moi donc un peu...

Lorenzo entraîne Thomas dans l'embrasure d'une fenêtre ; tous deux s'entretiennent à voix basse.

Pierre Non, mon père, je ne me cacherai pas. L'insulte a été publique, il nous l'a faite au milieu d'une place. Moi, je l'ai assommé au milieu d'une rue, et il me convient demain matin de le raconter à toute la ville. Depuis quand se cache-t-on pour avoir vengé son honneur ? Je me promènerais volontiers l'épée nue, et sans en essuyer une goutte de sang.

Philippe Viens par ici, il faut que je te parle. Tu n'es pas blessé, mon enfant ? tu n'as rien reçu dans tout cela ?

Ils sortent.

Au palais du duc. Le duc, à demi nu, Tebaldeo faisant son portrait. Giomo joue de la guitare.

Giomo (chantant)

Quand je mourrai, mon échanson,
Porte mon cœur à ma maîtresse.
Qu'elle envoie au diable la messe,
La prêtraille et les oraisons.
Les pleurs ne sont que de l'eau claire.
Dis-lui qu'elle éventre un tonneau ;
Qu'on entonne un chœur sur ma bière,
J'y répondrai du fond de mon tombeau.

Le duc Je savais bien que j'avais quelque chose à te demander. Dis-moi, Hongrois, que t'avait donc fait ce garçon que je t'ai vu bâtonner tantôt d'une si joyeuse manière ?

Giomo Ma foi, je ne saurais le dire, ni lui non plus.

Le duc Pourquoi ? Est-ce qu'il est mort ?

Giomo C'est un gamin d'une maison voisine ; tout à l'heure, en passant, il m'a semblé qu'on l'enterrait.

Le duc Quand mon Giomo frappe, il frappe ferme.

Giomo Cela vous plaît à dire ; je vous ai vu tuer un homme d'un coup plus d'une fois.

Le duc Tu crois ! J'étais donc gris ? Quand je suis en pointe de gaieté, tous mes moindres coups sont mortels. (A Tebaldeo) Qu'as-tu donc, petit ? est-ce que la main te tremble ? tu louches terriblement.

Entre Lorenzo.

Tebaldeo Rien, monseigneur, plaise à Votre Altesse.

Lorenzo Cela avance-t-il ? Êtes-vous content de mon protégé ? (Il prend la cotte de mailles du duc sur le sofa.) Vous avez là une jolie cotte de mailles, mignon ! Mais cela doit être bien chaud.

Le duc En vérité, si elle me gênait, je n'en porterais pas. Mais c'est du fil d'acier ; la lime la plus aiguë n'en pourrait ronger une maille, et en même temps c'est léger comme de la soie. Il n'y a peut-être pas la pareille dans toute l'Europe ; aussi je ne la quitte guère, jamais, pour mieux dire.

Lorenzo C'est très léger, mais très solide. Croyez-vous cela à l'épreuve du stylet ?

Le duc Assurément.

Lorenzo Au fait, j'y réfléchis à présent, vous la portez toujours sous votre pourpoint. L'autre jour, à la chasse, j'étais en croupe derrière vous, et en vous tenant à bras-le-corps, je la sentais très bien. C'est une prudente habitude.

Le duc Ce n'est pas que je me défie de personne ; comme tu dis, c'est une habitude — pure habitude de soldat.

Lorenzo Votre habit est magnifique. Quel parfum que ces gants ! Pourquoi donc posez-vous à moitié nu ? Cette cotte de mailles aurait fait son effet dans votre portrait ; vous avez eu tort de la quitter.

Le duc C'est le peintre qui l'a voulu. Cela vaut toujours mieux, d'ailleurs, de poser le cou découvert ; regarde les antiques.

Lorenzo Où diable est ma guitare ? Il faut que je fasse un second dessus* à Giomo.

* *Dans un duo, partie instrumentale la plus haute.*

Lorenzo sort.

Tebaldeo Altesse, je n'en ferai pas davantage aujourd'hui.

Giomo (à la fenêtre) Que fait donc Lorenzo ? Le voilà en contemplation devant le puits qui est au milieu du jardin ; ce n'est pas là, il me semble, qu'il devrait chercher sa guitare.

Le duc Donne-moi mes habits. Où est donc ma cotte de mailles ?

Giomo Je ne la trouve pas, j'ai beau chercher, elle s'est envolée.

Le duc Renzino la tenait il n'y a pas cinq minutes ; il l'aura jetée dans un coin en s'en allant, selon sa louable coutume de paresseux.

Giomo Cela est incroyable ; pas plus de cotte de mailles que sur ma main.

Le duc Allons, tu rêves ! cela est impossible.

Giomo Voyez vous-même, Altesse ; la chambre n'est pas si grande.

Le duc Renzo la tenait là, sur ce sofa.

Rentre Lorenzo.

Qu'as-tu donc fait de ma cotte ? nous ne pouvons plus la trouver.

Lorenzo Je l'ai remise où elle était. Attendez — non, je l'ai posée sur ce fauteuil — non, c'était sur le lit — je n'en sais rien, mais j'ai trouvé ma guitare. (Il chante en s'accompagnant.)

Bonjour, madame l'abbesse...

Giomo Dans le puits du jardin, apparemment ? car vous étiez penché dessus tout à l'heure d'un air tout à fait absorbé.

Lorenzo Cracher dans un puits pour faire des ronds est mon plus grand bonheur. Après boire et dormir, je n'ai pas d'autre occupation. (Il continue à jouer.)

Bonjour, bonjour, abbesse de mon cœur...

Le duc Cela est inouï que cette cotte se trouve perdue ! Je crois que je ne l'ai pas ôtée deux fois dans ma vie, si ce n'est pour me coucher.

Lorenzo Laissez donc, laissez donc. N'allez-vous pas faire un valet de chambre d'un fils de pape ? Vos gens la trouveront.

Le duc Que le diable t'emporte ! c'est toi qui l'as égarée.

Lorenzo Si j'étais duc de Florence, je m'inquiéterais d'autre chose que de mes cottes. A propos, j'ai parlé de vous à ma chère tante. Tout est au mieux ; venez donc un peu ici que je vous parle à l'oreille.

Giomo (bas au duc) Cela est singulier, au moins ; la cotte de mailles est enlevée.

	Le duc On la retrouvera.
Le duc s'assoit à côté de Lorenzo.	**Giomo** (à part) Quitter la compagnie pour aller cracher dans le puits, cela n'est pas naturel. Je voudrais retrouver cette cotte de mailles, pour m'ôter de la tête une vieille idée qui se rouille de temps en temps. Bah ! un Lorenzaccio ! La cotte est sous quelque fauteuil.

SCÈNE VII

Devant le palais. Entre Salviati, couvert de sang et boitant ; deux hommes le soutiennent.	**Salviati** (criant) Alexandre de Médicis ! ouvre ta fenêtre et regarde un peu comme on traite tes serviteurs !
	Alexandre (à la fenêtre) Qui est là dans la boue ? Qui se traîne aux murailles de mon palais avec ces cris épouvantables ?
	Salviati Les Strozzi m'ont assassiné ; je vais mourir à ta porte.
	Le duc Lesquels des Strozzi, et pourquoi ?
	Salviati Parce que j'ai dit que leur sœur était amoureuse de toi, mon noble duc. Les Strozzi ont trouvé leur sœur insultée, parce que j'ai dit que tu lui plaisais ; trois d'entre eux m'ont assassiné ! J'ai reconnu Pierre et Thomas ; je ne connais pas le troisième.
	Le duc Fais-toi monter ici. Par Hercule ! les meurtriers passeront la nuit en prison, et on les pendra demain matin.
Salviati entre dans le palais.	

ACTE 3

La chambre à coucher de Lorenzo. Lorenzo, Scoronconcolo, faisant des armes.

Scoronconcolo Maître, as-tu assez du jeu ?

Lorenzo Non, crie plus fort. Tiens, pare celle-ci ! tiens, meurs ! tiens, misérable !

Scoronconcolo A l'assassin ! on me tue ! on me coupe la gorge !

Lorenzo Meurs ! meurs ! meurs ! Frappe donc du pied.

Scoronconcolo A moi, mes archers ! au secours ! on me tue ! Lorenzo de l'enfer !

Lorenzo Meurs, infâme ! Je te saignerai, pourceau, je te saignerai ! Au cœur, au cœur ! il est éventré. — Crie donc, frappe donc, tue donc ! Ouvre-lui les entrailles ! Coupons-le par morceaux, et mangeons, mangeons ! J'en ai jusqu'au coude. Fouille dans la gorge, roule-le, roule ! Mordons, mordons, et mangeons !

Lorenzo tombe épuisé.

Scoronconcolo (s'essuyant le front) Tu as inventé un rude jeu, maître, et tu y vas en vrai tigre ; mille millions de tonnerres ! tu rugis comme une caverne pleine de panthères et de lions.

Lorenzo O jour de sang, jour de mes noces ! O soleil ! soleil ! il y a assez longtemps que tu es sec comme le plomb ; tu te meurs de soif, soleil ! son sang t'enivrera. O ma vengeance ! qu'il y a longtemps que tes ongles poussent ! O dents d'Ugolin ! il vous faut le crâne, le crâne !

Scoronconcolo Es-tu en délire ! As-tu la fièvre ?

Lorenzo Lâche, lâche — ruffian — le petit maigre, les pères, les filles — des adieux, des adieux sans fin — les rives de l'Arno pleines d'adieux ! — Les gamins l'écrivent sur les murs. — Ris, vieillard, ris dans ton bonnet blanc — tu ne vois pas que mes ongles poussent ? — Ah ! le crâne, le crâne !

Lorenzo s'évanouit.

Scoronconcolo Maître, tu as un ennemi. (Il lui jette de l'eau à la figure.) Allons, maître, ce n'est pas la peine de tant te démener. On a des sentiments élevés ou on n'en a pas ; je n'oublierai jamais que tu m'as fait avoir une certaine grâce sans laquelle je serais loin. Maître, si tu as un ennemi, dis-le, et je t'en débarrasserai sans qu'il y paraisse autrement.

Lorenzo Ce n'est rien ; je te dis que mon seul plaisir est de faire peur à mes voisins.

Scoronconcolo Depuis que nous trépignons dans cette chambre, et que nous y mettons tout à l'envers, ils doivent être bien accoutumés à notre tapage. Je crois que tu pourrais égorger trente hommes dans ce corridor, et les rouler sur ton plancher, sans qu'on s'aperçoive dans la maison qu'il s'y passe du nouveau. Si tu veux faire peur aux voisins, tu t'y prends mal. Ils ont eu peur la première fois, c'est vrai, mais maintenant ils se contentent d'enrager, et ne s'en mettent pas en peine jusqu'au point de quitter leurs fauteuils ou d'ouvrir leurs fenêtres.

Lorenzo Tu crois ?

Scoronconcolo Tu as un ennemi, maître. Ne t'ai-je pas vu frapper du pied la terre, et maudire le jour de ta naissance ? N'ai-je pas des oreilles ? et, au milieu de tes fureurs, n'ai-je pas entendu résonner distinctement un petit mot bien net : la vengeance ? Tiens, maître, crois-moi, tu maigris — tu n'as plus le mot pour rire comme devant — crois-moi, il n'y a rien de si mauvaise digestion qu'une bonne haine. Est-ce que sur deux hommes au soleil il n'y en a pas toujours un dont l'ombre gêne l'autre ? Ton médecin est dans ma gaine ; laisse-moi te guérir.

Scoronconcolo tire son épée.

Lorenzo Ce médecin-là t'a-t-il jamais guéri, toi ?

Scoronconcolo Quatre ou cinq fois. Il y avait un jour à Padoue une petite demoiselle qui me disait...

ACTE III SCÈNE I

Lorenzo Montre-moi cette épée. Ah ! garçon, c'est une brave lame.

Scoronconcolo Essaye-la, et tu verras.

Lorenzo Tu as deviné mon mal — j'ai un ennemi. Mais pour lui je ne me servirai pas d'une épée qui ait servi pour d'autres. Celle qui le tuera n'aura ici-bas qu'un baptême ; elle gardera son nom.

Scoronconcolo Quel est le nom de l'homme ?

Lorenzo Qu'importe ? m'es-tu dévoué ?

Scoronconcolo Pour toi, je remettrais le Christ en croix.

Lorenzo Je te le dis en confidence, — je ferai le coup dans cette chambre ; et c'est précisément pour que mes chers voisins ne s'en étonnent pas que je les accoutume à ce bruit de tous les jours. Écoute bien, et ne te trompe pas. Si je l'abats du premier coup, ne t'avise pas de le toucher. Mais je ne suis pas plus gros qu'une puce, et c'est un sanglier. S'il se défend, je compte sur toi pour lui tenir les mains ; rien de plus, entends-tu ? c'est à moi qu'il appartient. Je t'avertirai en temps et lieu.

Scoronconcolo Amen.

ACTE III SCÈNE II

Au palais Strozzi. Entrent Philippe et Pierre.

Pierre Quand je pense à cela, j'ai envie de me couper la main droite. Avoir manqué cette canaille ! Un coup si juste, et l'avoir manqué ! A qui n'était-ce pas rendre service que de faire dire aux gens : il y a un Salviati de moins dans les rues ? Mais le drôle a fait comme les araignées — il s'est laissé tomber en repliant ses pattes crochues, et il a fait le mort de peur d'être achevé.

Philippe Que t'importe qu'il vive ? ta vengeance n'en est que plus complète. On le dit blessé de telle manière qu'il s'en souviendra toute sa vie.

Pierre Oui, je le sais bien, voilà comme vous voyez les choses. Tenez, mon père, vous êtes bon patriote, mais encore meilleur père de famille ; ne vous mêlez pas de tout cela.

Philippe Qu'as-tu encore en tête ? Ne saurais-tu vivre un quart d'heure sans penser à mal ?

Pierre Non, par l'enfer ! je ne saurais vivre un quart d'heure tranquille dans cet air empoisonné. Le ciel me pèse sur la tête comme une voûte de prison, et il me semble que je respire dans les rues des quolibets et des hoquets d'ivrognes. Adieu, j'ai affaire à présent.

Philippe Où vas-tu ?

Pierre Pourquoi voulez-vous le savoir ? Je vais chez les Pazzi*.

Philippe Attends-moi donc, car j'y vais aussi.

Pierre Pas à présent, mon père, ce n'est pas un bon moment pour vous.

Philippe Parle-moi franchement.

Pierre Cela est entre nous. Nous sommes là une cinquantaine, les Ruccellaï* et d'autres, qui ne portons pas le bâtard dans nos entrailles.

Philippe Ainsi donc ?

Pierre Ainsi donc les avalanches se font quelquefois au moyen d'un caillou gros comme le bout du doigt.

Philippe Mais vous n'avez rien d'arrêté ? pas de plan, pas de mesures prises ? O enfants, enfants ! jouer avec la vie et la mort ! Des questions qui ont remué le monde ! des idées qui ont blanchi des milliers de têtes, et qui les ont fait rouler comme des grains de sable sur les pieds du bourreau ! des projets que la Providence elle-même regarde en silence et avec terreur, et qu'elle laisse achever à l'homme, sans oser

* *L'une des plus anciennes familles de Florence. Elle s'était illustrée en 1478 dans une conjuration, demeurée célèbre, contre les Médicis : après l'échec de cette entreprise, tous ses membres furent exécutés ou exilés.*

* *Autre célèbre famille florentine, qui fut alliée aux Médicis sous Laurent le Magnifique.*

y toucher ! Vous parlez de tout cela en faisant des armes et en buvant un verre de vin d'Espagne, comme s'il s'agissait d'un cheval ou d'une mascarade ! Savez-vous ce que c'est qu'une république, que l'artisan au fond de son atelier, que le laboureur dans son champ, que le citoyen sur la place, que la vie entière d'un royaume ? le bonheur des hommes, Dieu de justice ! O enfants, enfants ! savez-vous compter sur vos doigts ?

Pierre Un bon coup de lancette guérit tous les maux.

Philippe Guérir ! guérir ! Savez-vous que le plus petit coup de lancette doit être donné par le médecin ? Savez-vous qu'il faut une expérience longue comme la vie, et une science grande comme le monde, pour tirer du bras d'un malade une goutte de sang ? N'étais-je pas offensé aussi, la nuit dernière, lorsque tu avais mis ton épée nue sous ton manteau ? Ne suis-je pas le père de ma Louise, comme tu es son frère ? N'était-ce pas une juste vengeance ? Et cependant sais-tu ce qu'elle m'a coûté ? Ah ! les pères savent cela, mais non les enfants. Si tu es père un jour, nous en parlerons.

Pierre Vous qui savez aimer, vous devriez savoir haïr.

Philippe Qu'ont donc fait à Dieu ces Pazzi ? Ils invitent leurs amis à venir conspirer, comme on invite à jouer aux dés, et leurs amis, en entrant dans leur cour, glissent dans le sang de leurs grands-pères. Quelle soif ont donc leurs épées ? Que voulez-vous donc, que voulez-vous ?

Pierre Et pourquoi vous démentir vous-même ? Ne vous ai-je pas entendu cent fois dire ce que nous disons ? Ne savons-nous pas ce qui vous occupe, quand vos domestiques voient à leur lever vos fenêtres éclairées des flambeaux de la veille ? Ceux qui passent les nuits sans dormir ne meurent pas silencieux.

Philippe Où en viendrez-vous ? réponds-moi.

Pierre Les Médicis sont une peste. Celui qui est mordu par un serpent n'a que faire d'un médecin ; il n'a qu'à se brûler la plaie.

Philippe Et quand vous aurez renversé ce qui est, que voulez-vous mettre à la place ?

Pierre Nous sommes toujours sûrs de ne pas trouver pire.

Philippe Je vous le dis, comptez sur vos doigts.

Pierre Les têtes d'une hydre sont faciles à compter.

Philippe Et vous voulez agir ? cela est décidé ?

Pierre Nous voulons couper les jarrets aux meurtriers de Florence.

Philippe Cela est irrévocable ? vous voulez agir ?

Pierre Adieu, mon père, laissez-moi aller seul.

Philippe Depuis quand le vieil aigle reste-t-il dans le nid, quand ses aiglons vont à la curée ? O mes enfants ! ma brave et belle jeunesse ! vous qui avez la force que j'ai perdue, vous qui êtes aujourd'hui ce qu'était le jeune Philippe, laissez-le avoir vieilli pour vous ! Emmène-moi, mon fils, je vois que vous allez agir. Je ne vous ferai pas de longs discours, je ne dirai que quelques mots ; il peut y avoir quelque chose de bon dans cette tête grise — deux mots, et ce sera fait. Je ne radote pas encore, je ne vous serai pas à charge ; ne pars pas sans moi, mon enfant, attends que je prenne mon manteau.

Pierre Venez, mon noble père ; nous baiserons le bas de votre robe. Vous êtes notre patriarche, venez voir marcher au soleil les rêves de votre vie. La liberté est mûre ; venez, vieux jardinier de Florence, voir sortir de terre la plante que vous aimez.

Pierre et Philippe sortent.

SCÈNE III

Une rue. Un officier allemand et des soldats. Thomas Strozzi, au milieu d'eux.

L'officier Si nous ne le trouvons pas chez lui, nous le trouverons chez les Pazzi.

Thomas Va ton train, et ne sois pas en peine ; tu sauras ce qu'il en coûte.

L'officier Pas de menace ; j'exécute les ordres du duc, et n'ai rien à souffrir de personne.

Thomas Imbécile ! qui arrête un Strozzi sur la parole d'un Médicis !

Il se forme un groupe autour de Thomas et de l'officier.

Un bourgeois Pourquoi arrêtez-vous ce seigneur ? Nous le connaissons bien, c'est le fils de Philippe.

Un autre Lâchez-le, nous répondons pour lui.

Le premier Oui, oui, nous répondons pour les Strozzi. Laisse-le aller, ou prends garde à tes oreilles.

L'officier Hors de là, canaille ! laissez passer la justice du duc, si vous n'aimez pas les coups de hallebarde.

Pierre et Philippe arrivent.

Pierre Qu'y a-t-il ? quel est ce tapage ? Que fais-tu là, Thomas ?

Le bourgeois Empêche-le, Philippe, empêche-le d'emmener ton fils en prison.

Philippe En prison ? et sur quel ordre ?

L'officier Qu'on saisisse cet homme !

Les soldats arrêtent Pierre.

Pierre Lâchez-moi, misérables, ou je vous éventre comme des pourceaux !

Philippe Sur quel ordre agissez-vous, monsieur ?

L'officier (montrant l'ordre du duc) Voilà mon mandat. J'ai ordre d'arrêter Pierre et Thomas Strozzi.

Les soldats repoussent le peuple qui leur jette des cailloux.

Pierre De quoi nous accuse-t-on ? qu'avons-nous fait ? Aidez-moi, mes amis, rossons cette canaille.

Pierre tire son épée. Un autre détachement de soldats arrive.

L'officier Venez ici, prêtez-moi main-forte. (Pierre est désarmé.) En marche ! et le premier qui approche de trop près, un coup de pique dans le ventre ! Cela leur apprendra à se mêler de leurs affaires.

Pierre On n'a pas le droit de m'arrêter sans un ordre des Huit. Je me soucie bien des ordres d'Alexandre ! Où est l'ordre des Huit* ?

* *C'est le Conseil de Florence, qui détient le pouvoir judiciaire.*

L'officier C'est devant eux que nous vous menons.

Pierre Si c'est devant eux, je n'ai rien à dire. De quoi suis-je accusé ?

Un homme du peuple Comment, Philippe, tu laisses emmener tes enfants au tribunal des Huit ?

Pierre Répondez donc, de quoi suis-je accusé ?

L'officier Cela ne me regarde pas.

Les soldats sortent avec Pierre et Thomas*.

* *En fait, on arrêta Thomas Strozzi et François Pazzi ; une intervention du pape les fit libérer.*

Pierre (en sortant) N'ayez aucune inquiétude, mon père ; les Huit me renverront souper à la maison, et le bâtard en sera pour ses frais de justice.

Philippe (seul, s'asseyant sur un banc) J'ai beaucoup d'enfants, mais pas pour longtemps, si cela va si vite. Où en sommes-nous donc si une vengeance aussi juste que le ciel que voilà est clair, est punie comme un crime ! Eh quoi ! les deux aînés d'une famille vieille comme la ville, emprisonnés comme des voleurs de grand chemin ! la plus grossière insulte châtiée, un Salviati frappé, seulement frappé, et des hallebardes en jeu ! Sors donc du fourreau, mon épée. Si le saint appareil des exécutions judiciaires devient la cuirasse des ruffians et des ivrognes, que la hache et le poignard, cette arme des assassins, protègent l'homme de bien. O Christ ! La justice devenue une entremetteuse ! L'honneur des Strozzi souffleté en place publique et un tribunal répondant des quolibets d'un rustre ! Un Salviati jetant à la plus noble famille de Florence son gant taché de vin et de sang, et, lorsqu'on le châtie, tirant pour se défendre le coupe-tête du bourreau ! Lumière du soleil ! j'ai parlé, il n'y a pas un quart d'heure, contre les idées de révolte, et voilà le pain qu'on me donne à manger, avec mes paroles de paix sur les lèvres ! Allons, mes bras, remuez ! et toi, vieux corps courbé par l'âge et par l'étude, redresse-toi pour l'action !

Entre Lorenzo.

Lorenzo Demandes-tu l'aumône, Philippe, assis au coin de cette rue ?

Philippe Je demande l'aumône à la justice des hommes ; je suis un mendiant affamé de justice, et mon honneur est en haillons.

Lorenzo Quel changement va donc s'opérer dans le monde, et quelle robe nouvelle va revêtir la nature, si le masque de la colère s'est posé sur le visage auguste et paisible du vieux Philippe ? O mon père, quelles sont ces plaintes ? pour qui répands-tu sur la terre les joyaux les plus précieux qu'il y ait sous le soleil, les larmes d'un homme sans peur et sans reproche ?

Philippe Il faut nous délivrer des Médicis, Lorenzo. Tu es un Médicis toi-même, mais seulement par ton nom. Si je t'ai bien connu, si la hideuse comédie que tu joues m'a trouvé impassible et fidèle spectateur, que l'homme sorte de l'histrion ! Si tu as jamais été quelque chose d'honnête, sois-le aujourd'hui. Pierre et Thomas sont en prison.

Lorenzo Oui, oui, je sais cela.

Philippe Est-ce là ta réponse ? Est-ce là ton visage, homme sans épée ?

Lorenzo Que veux-tu ? dis-le, et tu auras alors ma réponse.

Philippe Agir ! Comment, je n'en sais rien. Quel moyen employer, quel levier mettre sous cette citadelle de mort, pour la soulever et la pousser dans le fleuve, quoi faire, que résoudre, quels hommes aller trouver, je ne puis le savoir encore, mais agir, agir, agir ! O Lorenzo, le temps est venu. N'es-tu pas diffamé, traité de chien et de sans-cœur ? Si je t'ai tenu en dépit de tout ma porte ouverte, ma main ouverte, mon cœur ouvert, parle, et que je voie si je me suis trompé. Ne m'as-tu pas parlé d'un homme qui s'appelle aussi Lorenzo, et qui se cache derrière le Lorenzo que voilà ? Cet homme n'aime-t-il pas sa patrie, n'est-il pas dévoué à ses amis ? Tu le disais, et je l'ai cru. Parle, parle, le temps est venu.

Lorenzo Si je ne suis pas tel que vous le désirez, que le soleil me tombe sur la tête !

Philippe Ami, rire d'un vieillard désespéré, cela porte malheur. Si tu dis vrai, à l'action ! J'ai de toi des promesses qui engageraient Dieu lui-même, et c'est sur ces promesses que je t'ai reçu. Le rôle que tu joues est un rôle de boue et de lèpre, tel que l'enfant prodigue ne l'aurait pas joué dans un jour de démence — et cependant je t'ai reçu. Quand les pierres criaient à ton passage, quand chacun de tes pas faisait jaillir des mares de sang humain, je t'ai appelé du nom sacré d'ami, je me suis fait sourd pour te croire, aveugle pour t'aimer ; j'ai laissé l'ombre de ta mauvaise réputation passer sur mon honneur, et mes enfants ont douté de moi en trouvant sur ma main la trace hideuse du contact de la tienne. Sois honnête, car je l'ai été ; agis, car tu es jeune, et je suis vieux.

Lorenzo Pierre et Thomas sont en prison ; est-ce là tout ?

Philippe O ciel et terre ! oui, c'est là tout — presque rien, deux enfants de mes entrailles qui vont s'asseoir au banc des voleurs — deux têtes que j'ai baisées autant de fois que j'ai de cheveux gris, et que je vais trouver demain matin clouées sur la porte de la forteresse — oui, c'est là tout, rien de plus, en vérité.

Lorenzo Ne me parle pas sur ce ton. Je suis rongé d'une tristesse auprès de laquelle la nuit la plus sombre est une lumière éblouissante.

Lorenzo s'assied près de Philippe.

Philippe Que je laisse mourir mes enfants, cela est impossible, vois-tu ! On m'arracherait les bras et les jambes, que, comme le serpent, les morceaux mutilés de Philippe se rejoindraient encore et se lèveraient pour la vengeance. Je connais si bien tout cela ! Les Huit ! un tribunal d'hommes de marbre ! une forêt de spectres sur laquelle passe de temps en temps le vent lugubre du doute qui les agite pendant une minute, pour se résoudre en un mot sans appel ! Un mot, un mot, ô conscience ! Ces hommes-là mangent, ils dorment, ils ont des femmes et des filles ! Ah ! qu'ils tuent, qu'ils égorgent, mais pas mes enfants, pas mes enfants !

Lorenzo Pierre est un homme ; il parlera, et il sera mis en liberté.

Philippe O mon Pierre, mon premier-né !

Lorenzo Rentrez chez vous, tenez-vous tranquille — ou faites mieux, quittez Florence. Je vous réponds de tout, si vous quittez Florence.

Philippe Moi, un banni ! moi dans un lit d'auberge à mon heure dernière ! O Dieu ! et tout cela pour une parole d'un Salviati !

Lorenzo Sachez-le, Salviati voulait séduire votre fille, mais non pas pour lui seul. Alexandre a un pied dans le lit de cet homme ; il y exerce le droit du seigneur sur la prostitution.

Philippe Et nous n'agirions pas ! O Lorenzo, Lorenzo ! tu es un homme ferme, toi ; parle-moi, je suis faible, et mon cœur est trop intéressé dans tout cela. Je m'épuise, vois-tu, j'ai trop réfléchi ici-bas, j'ai trop tourné sur moi-même, comme un cheval de pressoir — je ne vaux plus rien pour la bataille. Dis-moi ce que tu penses, je le ferai.

Lorenzo Rentrez chez vous, mon bon monsieur.

Philippe Voilà qui est certain, je vais aller chez les Pazzi. Là sont cinquante jeunes gens, tous déterminés. Ils ont juré d'agir ; je leur parlerai noblement, comme un Strozzi et comme un père, et ils m'entendront. Ce soir, j'inviterai à souper les quarante membres de ma famille ; je leur raconterai ce qui m'arrive. Nous verrons, nous verrons ! rien n'est encore fait. Que les Médicis prennent garde à eux ! Adieu, je vais chez les Pazzi ; aussi bien, j'y allais avec Pierre, quand on l'a arrêté.

Lorenzo Il y a plusieurs démons, Philippe. Celui qui te tente en ce moment n'est pas le moins à craindre de tous.

Philippe Que veux-tu dire ?

Lorenzo Prends-y garde, c'est un démon plus beau que Gabriel. La liberté, la patrie, le bonheur des hommes, tous ces mots résonnent à son approche comme les cordes d'une lyre ; c'est le bruit des écailles d'argent de ses ailes flamboyantes. Les larmes de ses yeux fécondent la terre, et il tient à la main la palme des martyrs. Ses paroles épurent l'air autour de ses lèvres ; son vol est si rapide que nul ne peut dire où il va. Prends-y garde ! Une fois dans ma vie, je l'ai vu traverser les cieux. J'étais courbé sur mes livres — le toucher de sa main a fait frémir mes cheveux comme une plume légère. Que je l'aie écouté ou non, n'en parlons pas.

Philippe Je ne te comprends qu'avec peine, et je ne sais pourquoi j'ai peur de te comprendre.

Lorenzo N'avez-vous dans la tête que cela — délivrer vos fils ? Mettez la main sur la conscience. — Quelque autre pensée plus vaste, plus terrible, ne vous entraîne-t-elle pas, comme un chariot étourdissant, au milieu de cette jeunesse ?

Philippe Eh bien ! oui, que l'injustice faite à ma famille soit le signal de la liberté. Pour moi, et pour tous, j'irai !

Lorenzo Prends garde à toi, Philippe, tu as pensé au bonheur de l'humanité.

Philippe Que veut dire ceci ? Es-tu dedans comme au-dehors une vapeur infecte ? Toi qui m'as parlé d'une liqueur précieuse dont tu étais le flacon, est-ce là ce que tu renfermes ?

Lorenzo Je suis en effet précieux pour vous, car je tuerai Alexandre.

Philippe Toi ?

Lorenzo Moi, demain ou après-demain. Rentrez chez vous, tâchez de délivrer vos enfants — si vous ne le pouvez pas, laissez-leur subir une légère punition — je sais pertinemment qu'il n'y a pas d'autres dangers pour eux, et je vous répète que, d'ici à quelques jours, il n'y aura pas plus d'Alexandre de Médicis à Florence, qu'il n'y a de soleil à minuit.

Philippe Quand cela serait vrai, pourquoi aurais-je tort de penser à la Liberté ? Ne viendra-t-elle pas quand tu auras fait ton coup, si tu le fais ?

Lorenzo Philippe, Philippe, prends garde à toi. Tu as soixante ans de vertu sur ta tête grise ; c'est un enjeu trop cher pour le jouer aux dés.

Philippe Si tu caches sous ces sombres paroles quelque chose que je puisse entendre, parle ; tu m'irrites singulièrement.

Lorenzo Tel que tu me vois, Philippe, j'ai été honnête. J'ai cru à la vertu, à la grandeur humaine, comme un martyr croit à son Dieu. J'ai versé plus de larmes sur la pauvre Italie, que Niobé* sur ses filles.

* *Apollon et Diane, après avoir mis à mort les sept fils et les sept filles de Niobé, la changèrent en rocher, mais les larmes de la mère inconsolable firent jaillir une source de la pierre.*

Philippe Eh bien, Lorenzo ?

Lorenzo Ma jeunesse a été pure comme l'or. Pendant vingt ans de silence, la foudre s'est amoncelée dans ma poitrine ; et il faut que je sois réellement une étincelle du tonnerre, car tout à coup, une certaine nuit que j'étais assis dans les ruines du Colisée antique, je ne sais pourquoi je me levai ; je tendis vers le ciel mes bras trempés de rosée, et je jurai qu'un des tyrans de ma patrie mourrait de ma main. J'étais un étudiant paisible, et je ne m'occupais alors que des arts et des sciences, et il m'est impossible de dire comment cet étrange serment s'est fait en moi. Peut-être est-ce là ce qu'on éprouve quand on devient amoureux.

Philippe J'ai toujours eu confiance en toi, et cependant je crois rêver.

Lorenzo Et moi aussi. J'étais heureux alors, j'avais le cœur et les mains tranquilles ; mon nom m'appelait au trône, et je n'avais qu'à laisser le soleil se lever et se coucher pour voir fleurir autour de moi toutes les espérances humaines. Les hommes ne m'avaient fait ni bien ni mal, mais j'étais bon, et, pour mon malheur éternel, j'ai voulu être grand. Il faut que je l'avoue, si la Providence m'a poussé à la résolution de tuer un tyran, quel qu'il fût, l'orgueil m'y a poussé aussi. Que te dirais-je de plus ? tous les Césars du monde me faisaient penser à Brutus.

Philippe L'orgueil de la vertu est un noble orgueil. Pourquoi t'en défendrais-tu ?

Lorenzo Tu ne sauras jamais, à moins d'être fou, de quelle nature est la pensée qui m'a travaillé. Pour comprendre l'exaltation fiévreuse qui a enfanté en moi le Lorenzo qui te parle, il faudrait que mon cerveau et mes entrailles fussent à nu sous un scalpel. Une statue qui descendrait de son piédestal pour marcher parmi les hommes sur la place publique, serait peut-être semblable à ce que j'ai été, le jour où j'ai commencé à vivre avec cette idée : il faut que je sois un Brutus.

Philippe Tu m'étonnes de plus en plus.

Lorenzo J'ai voulu d'abord tuer Clément VII. Je n'ai pu le faire parce qu'on m'a banni de Rome avant le temps. J'ai recommencé mon ouvrage avec Alexandre. Je voulais agir seul, sans le secours d'aucun homme. Je travaillais pour l'humanité ; mais mon orgueil restait solitaire au milieu de tous mes rêves philanthropiques. Il fallait donc entamer par la ruse un combat singulier avec mon ennemi. Je ne voulais pas soulever les masses, ni conquérir la gloire bavarde d'un paralytique comme Cicéron. Je voulais arriver à l'homme, me prendre corps à corps avec la tyrannie vivante, la tuer, porter mon épée sanglante sur la tribune, et laisser la fumée du sang d'Alexandre monter au nez des harangueurs, pour réchauffer leur cervelle ampoulée.

Philippe Quelle tête de fer as-tu, ami ! quelle tête de fer !

Lorenzo La tâche que je m'imposais était rude avec Alexandre. Florence était, comme aujourd'hui, noyée de vin et de sang. L'empereur et le pape avaient fait un duc d'un garçon boucher. Pour plaire à mon cousin, il fallait arriver à lui, porté par les larmes des familles ; pour devenir son ami, et acquérir sa confiance, il fallait baiser sur ses lèvres épaisses tous les restes de ses orgies. J'étais pur comme un lis, et cependant je n'ai pas reculé devant cette tâche. Ce que je suis devenu à cause de cela, n'en parlons pas. Tu dois comprendre que j'ai souffert, et il y a des blessures dont on ne lève pas l'appareil impunément. Je suis devenu vicieux, lâche, un objet de honte et d'opprobre — qu'importe ? ce n'est pas de cela qu'il s'agit.

Philippe Tu baisses la tête, tes yeux sont humides.

Lorenzo Non, je ne rougis point ; les masques de plâtre n'ont point de rougeur au service de la honte. J'ai fait ce que j'ai fait. Tu sauras seulement que j'ai réussi dans mon entreprise. Alexandre viendra bientôt dans un certain lieu d'où il ne sortira pas debout. Je suis au terme de ma peine, et sois certain, Philippe, que le buffle sauvage, quand le bouvier l'abat sur l'herbe, n'est pas entouré de plus de filets, de plus de nœuds coulants, que je n'en ai tissés autour de mon bâtard. Ce cœur, jusques auquel une armée ne serait pas parvenue en un an, il est maintenant à nu sous ma main ; je n'ai qu'à laisser tomber mon stylet pour qu'il y entre. Tout sera fait. Maintenant, sais-tu ce qui m'arrive, et ce dont je veux t'avertir ?

Philippe Tu es notre Brutus, si tu dis vrai.

Lorenzo Je me suis cru un Brutus, mon pauvre Philippe ; je me suis souvenu du bâton d'or couvert d'écorce*. Maintenant je connais les hommes, et je te conseille de ne pas t'en mêler.

Philippe Pourquoi ?

Lorenzo Ah ! vous avez vécu tout seul, Philippe. Pareil à un fanal éclatant, vous êtes resté immobile au bord de l'océan des hommes, et vous avez regardé dans les eaux la réflexion de votre propre lumière. Du fond de votre solitude, vous trouviez l'océan magnifique sous le dais splendide des cieux. Vous ne comptiez pas chaque flot, vous ne jetiez pas la sonde ; vous étiez plein de confiance dans l'ouvrage de Dieu. Mais moi, pendant ce temps-là, j'ai plongé — je me suis enfoncé dans cette mer houleuse de la vie — j'en ai parcouru toutes les profondeurs, couvert de ma cloche de verre — tandis que vous admiriez la surface, j'ai vu les débris des naufrages, les ossements et les Léviathans*.

Philippe Ta tristesse me fend le cœur.

Lorenzo C'est parce que je vous vois tel que j'ai été, et sur le point de faire ce que j'ai fait, que je vous parle ainsi. Je ne méprise point les hommes ; le tort des livres et des historiens est de nous les montrer différents de ce qu'ils sont. La vie est comme une cité — on peut y rester cinquante ou soixante ans sans voir autre chose que des promenades et des palais — mais il ne faut pas entrer dans les tripots, ni s'arrêter, en rentrant chez soi, aux fenêtres des mauvais quartiers. Voilà mon avis, Philippe. — S'il s'agit de sauver tes enfants, je te dis de rester tranquille ; c'est le meilleur moyen pour qu'on te les renvoie après une petite semonce. — S'il s'agit de tenter quelque chose pour les hommes, je te conseille de te couper les bras, car tu ne seras pas longtemps à t'apercevoir qu'il n'y a que toi qui en aies.

Philippe Je conçois que le rôle que tu joues t'ait donné de pareilles idées. Si je te comprends bien, tu as pris, dans un but sublime, une route hideuse, et tu crois que tout ressemble à ce que tu as vu.

Lorenzo Je me suis réveillé de mes rêves, rien de plus ; je te dis le danger d'en faire. Je connais la vie, et c'est une vilaine cuisine, sois-en persuadé, ne mets pas la main là-dedans, si tu respectes quelque chose.

* *Allusion à Tite-Live, qui rapporte que Brutus, emmené par les Tarquin à Delphes, emporta avec lui pour l'offrir à Apollon « un bâton d'or dans une branche évidée de cornouiller, qui représentait symboliquement son esprit ».*

* *Léviathan : monstre marin décrit dans* le Livre de Job.

Philippe Arrête ! ne brise pas comme un roseau mon bâton de vieillesse. Je crois à tout ce que tu appelles des rêves ; je crois à la vertu, à la pudeur et à la liberté.

Lorenzo Et me voilà dans la rue, moi, Lorenzaccio ? et les enfants ne me jettent pas de la boue ? Les lits des filles sont encore chauds de ma sueur, et les pères ne prennent pas, quand je passe, leurs couteaux et leurs balais pour m'assommer ? Au fond de ces dix mille maisons que voilà, la septième génération parlera encore de la nuit où j'y suis entré, et pas une ne vomit à ma vue un valet de charrue qui me fende en deux comme une bûche pourrie ? L'air que vous respirez, Philippe, je le respire ; mon manteau de soie bariolé traîne paresseusement sur le sable fin des promenades ; pas une goutte de poison ne tombe dans mon chocolat — que dis-je ? ô Philippe ! les mères pauvres soulèvent honteusement le voile de leurs filles quand je m'arrête au seuil de leurs portes ; elles me laissent voir leur beauté avec un sourire plus vil que le baiser de Judas — tandis que moi, pinçant le menton de la petite, je serre les poings de rage en remuant dans ma poche quatre ou cinq méchantes pièces d'or.

Philippe Que le tentateur ne méprise pas le faible ; pourquoi tenter lorsque l'on doute ?

Lorenzo Suis-je un Satan ? Lumière du ciel ! je m'en souviens encore ; j'aurais pleuré avec la première fille que j'ai séduite, si elle ne s'était mise à rire. Quand j'ai commencé à jouer mon rôle de Brutus moderne, je marchais dans mes habits neufs de la grande confrérie du vice, comme un enfant de dix ans dans l'armure d'un géant de la fable. Je croyais que la corruption était un stigmate, et que les monstres seuls le portaient au front. J'avais commencé à dire tout haut que mes vingt années de vertu étaient un masque étouffant — ô Philippe ! j'entrai alors dans la vie, et je vis qu'à mon approche tout le monde en faisait autant que moi ; tous les masques tombaient devant mon regard ; l'Humanité souleva sa robe, et me montra, comme à un adepte digne d'elle, sa monstrueuse nudité. J'ai vu les hommes tels qu'ils sont, et je me suis dit : Pour qui est-ce donc que je travaille ? Lorsque je parcourais les rues de Florence, avec mon fantôme à mes côtés, je regardais autour de moi, je cherchais les visages qui me donnaient du cœur, et je me demandais : Quand j'aurai fait mon coup, celui-là en profitera-t-il ? — J'ai vu les républicains dans leurs cabinets, je suis entré dans les boutiques, j'ai écouté et j'ai guetté. J'ai recueilli les discours des gens du peuple, j'ai vu l'effet que produisait sur eux la tyrannie ; j'ai bu, dans les banquets patriotiques*, le vin qui engendre la métaphore et la prosopopée, j'ai avalé entre deux baisers les larmes les plus vertueuses ; j'attendais toujours que l'humanité me laissât voir sur sa face quelque chose d'honnête. J'observais... comme un amant observe sa fiancée, en attendant le jour des noces !...

** Allusion à la France sous Louis-Philippe : les républicains tenaient leurs réunions sous forme de banquets, pour tourner la loi qui les interdisait.*

Philippe Si tu n'as vu que le mal, je te plains, mais je ne puis te croire. Le mal existe, mais non pas sans le bien, comme l'ombre existe, mais non sans la lumière.

Lorenzo Tu ne veux voir en moi qu'un mépriseur d'hommes ! c'est me faire injure. Je sais parfaitement qu'il y en a de bons, mais à quoi servent-ils ? que font-ils ? comment agissent-ils ? Qu'importe que la conscience soit vivante, si le bras est mort ? Il y a de certains côtés par où tout devient bon : un chien est un ami fidèle ; on peut trouver en lui le meilleur des serviteurs, comme on peut voir aussi qu'il se roule sur les cadavres, et que la langue avec laquelle il lèche son maître sent la charogne d'une lieue. Tout ce que j'ai à voir, moi, c'est que je suis perdu, et que les hommes n'en profiteront pas plus qu'ils ne me comprendront.

Philippe Pauvre enfant, tu me navres le cœur ! Mais si tu es honnête, quand tu auras délivré ta patrie, tu le redeviendras. Cela réjouit mon vieux cœur, Lorenzo, de penser que tu es honnête ; alors tu jetteras ce déguisement hideux qui te défigure, et tu redeviendras d'un métal aussi pur que les statues de bronze d'Harmodius et d'Aristogiton*.

** Ces conjurés athéniens, qui avaient projeté le meurtre du tyran Hippias, ne purent tuer que son frère Hipparque. Exécutés tous les deux, ils furent vénérés à Athènes comme des martyrs de la liberté.*

Lorenzo Philippe, Philippe, j'ai été honnête. La main qui a soulevé une fois le voile de la vérité ne peut plus le laisser retomber ; elle reste immobile jusqu'à la mort, tenant toujours ce voile terrible, et l'élevant de plus en plus au-dessus de la tête de l'homme, jusqu'à ce que l'Ange du sommeil éternel lui bouche les yeux.

Philippe Toutes les maladies se guérissent, et le vice est aussi une maladie.

Lorenzo Il est trop tard — je me suis fait à mon métier. Le vice a été pour moi un vêtement, maintenant il est collé à ma peau. Je suis vraiment un ruffian, et quand je plaisante sur mes pareils, je me sens sérieux comme la Mort au milieu de ma gaieté. Brutus a fait le fou pour tuer Tarquin, et ce qui m'étonne en lui, c'est qu'il n'y ait pas laissé sa raison. Profite de moi, Philippe, voilà ce que j'ai à te dire — ne travaille pas pour ta patrie.

Philippe Si je te croyais, il me semble que le ciel s'obscurcirait pour toujours, et que ma vieillesse serait condamnée à marcher à tâtons. Que tu aies pris une route dangereuse, cela peut être ; pourquoi ne pourrais-je en prendre une autre qui me mènerait au même point ? Mon intention est d'en appeler au peuple, et d'agir ouvertement.

Lorenzo Prends garde à toi. Philippe, celui qui te le dit sait pourquoi il le dit. Prends le chemin que tu voudras, tu auras toujours affaire aux hommes.

Philippe Je crois à l'honnêteté des républicains.

Lorenzo Je te fais une gageure. Je vais tuer Alexandre ; une fois mon coup fait, si les républicains se comportent comme ils le doivent, il leur sera facile d'établir une république, la plus belle qui ait jamais fleuri sur la terre. Qu'ils aient pour eux le peuple, et tout est dit. — Je te gage que ni eux ni le peuple ne feront rien. Tout ce que je te demande, c'est de ne pas t'en mêler ; parle, si tu le veux, mais prends garde à tes paroles, et encore plus à tes actions. Laisse-moi faire mon coup — tu as les mains pures, et moi, je n'ai rien à perdre.

Philippe Fais-le, et tu verras.

Lorenzo Soit — mais souviens-toi de ceci. Vois-tu, dans cette petite maison, cette famille assemblée autour d'une table ? ne dirait-on pas des hommes ? Ils ont un corps, et une âme dans ce corps. Cependant, s'il me prenait envie d'entrer chez eux, tout seul, comme me voilà, et de poignarder leur fils aîné au milieu d'eux, il n'y aurait pas un couteau de levé sur moi.

Philippe Tu me fais horreur. Comment le cœur peut-il rester grand, avec des mains comme les tiennes ?

Lorenzo Viens, rentrons à ton palais, et tâchons de délivrer tes enfants.

Philippe Mais pourquoi tueras-tu le duc, si tu as des idées pareilles ?

Lorenzo Pourquoi ? tu le demandes ?

Philippe Si tu crois que c'est un meurtre inutile à ta patrie, pourquoi le commets-tu ?

Lorenzo Tu me demandes cela en face ? Regarde-moi un peu. J'ai été beau, tranquille et vertueux.

Philippe Quel abîme ! quel abîme tu m'ouvres !

Lorenzo Tu me demandes pourquoi je tue Alexandre ? Veux-tu donc que je m'empoisonne, ou que je saute dans l'Arno ? veux-tu donc que je sois un spectre, et qu'en frappant sur ce squelette... (Il frappe sa poitrine) il n'en sorte aucun son ? Si je suis l'ombre de moi-même, veux-tu donc que je rompe le seul fil qui rattache aujourd'hui mon cœur à quelques fibres de mon cœur d'autrefois ? Songes-tu que ce meurtre, c'est tout ce qui me reste de ma vertu ? Songes-tu que je glisse depuis deux ans sur un rocher taillé à pic, et que ce meurtre est le seul brin d'herbe où j'aie pu cramponner mes ongles ? Crois-tu donc que je n'aie plus d'orgueil, parce que je n'ai plus de honte, et veux-tu que je laisse mourir en silence l'énigme de ma vie ? Oui, cela est certain, si je pouvais revenir à la vertu, si mon apprentissage du vice pouvait s'évanouir, j'épargnerais peut-être ce conducteur de bœufs — mais j'aime le vin, le jeu et les filles, comprends-tu cela ? Si tu honores en moi quelque chose, toi qui me parles, c'est mon meurtre que tu honores, peut-être justement parce que tu ne le ferais pas. Voilà assez longtemps, vois-tu, que les républicains me couvrent de boue et d'infamie ; voilà assez longtemps que les oreilles me tintent, et que l'exécration des hommes empoisonne le pain que je mâche. J'en ai assez de me voir conspué par des lâches sans nom, qui m'accablent d'injures pour se dispenser de m'assommer, comme ils le devraient. J'en ai assez d'entendre brailler en plein vent le bavardage humain ; il faut que le monde sache un peu qui je suis, et qui il est. Dieu merci, c'est peut-être demain que je tue Alexandre ; dans deux jours j'aurai fini. Ceux qui tournent autour de moi avec des yeux louches, comme autour d'une curiosité monstrueuse apportée d'Amérique, pourront satisfaire leur gosier, et vider leur sac à paroles. Que les hommes me comprennent ou non, qu'ils agissent ou n'agissent pas, j'aurai dit tout ce que j'ai à dire ; je leur ferai tailler leurs plumes, si je ne leur fais pas nettoyer leurs piques, et l'Humanité gardera sur sa joue le soufflet de mon épée

* *Érostrate incendia le temple de Diane à Éphèse, pour le simple plaisir de faire parler de lui.*

marquée en traits de sang. Qu'ils m'appellent comme ils voudront, Brutus ou Érostrate*, il ne me plaît pas qu'ils m'oublient. Ma vie entière est au bout de ma dague, et que la Providence retourne ou non la tête en m'entendant frapper, je jette la nature humaine à pile ou face sur la tombe d'Alexandre — dans deux jours, les hommes comparaîtront devant le tribunal de ma volonté.

Philippe Tout cela m'étonne, et il y a dans tout ce que tu m'as dit des choses qui me font peine, et d'autres qui me font plaisir. Mais Pierre et Thomas sont en prison, et je ne saurais là-dessus m'en fier à personne qu'à moi-même. C'est en vain que ma colère voudrait ronger son frein ; mes entrailles sont émues trop vivement. Tu peux avoir raison, mais il faut que j'agisse ; je vais rassembler mes parents.

Lorenzo Comme tu voudras, mais prends garde à toi. Garde-moi le secret, même avec tes amis, c'est tout ce que je te demande.

Lorenzo et Philippe sortent.

SCÈNE IV

Au palais Soderini. Entre Catherine, lisant un billet.

Catherine « Lorenzo a dû vous parler de moi, mais qui pourrait vous parler dignement d'un amour pareil au mien ? Que ma plume vous apprenne ce que ma bouche ne peut vous dire, et ce que mon cœur voudrait signer de son sang.

Alexandre de Médicis. »

Si mon nom n'était pas sur l'adresse, je croirais que le messager s'est trompé, et ce que je lis me fait douter de mes yeux.

Entre Marie.

O ma mère chérie ! voilà ce qu'on m'écrit ; expliquez-moi, si vous pouvez, ce mystère.

Marie Malheureuse ! malheureuse ! il t'aime ! Où t'a-t-il vue ? où lui as-tu parlé ?

Catherine Nulle part ; un messager m'a apporté cela comme je sortais de l'église.

Marie Lorenzo, dit-il, a dû te parler de lui ! Ah ! Catherine, avoir un fils pareil ! Oui, faire de la sœur de sa mère la maîtresse du duc, non pas même la maîtresse, ô ma fille ! Quels noms portent ces créatures ? Je ne puis le dire — oui, il manquait cela à Lorenzo. Viens, je veux lui porter cette lettre ouverte, et savoir, devant Dieu, comment il répondra.

Catherine Je croyais que le duc aimait... pardon, ma mère... mais je croyais que le duc aimait la comtesse* Cibo... on me l'avait dit...

* *En fait, la marquise Cibo.*

Marie Cela est vrai, il l'a aimée, s'il peut aimer.

Catherine Il ne l'aime plus ? Ah ! comment peut-on offrir sans honte un cœur pareil ! Venez, ma mère, venez chez Lorenzo.

Marie Donne-moi ton bras. Je ne sais ce que j'éprouve depuis quelques jours, j'ai eu la fièvre toutes les nuits — il est vrai que, depuis trois mois, elle ne me quitte guère. J'ai trop souffert, ma pauvre Catherine ; pourquoi m'as-tu lu cette lettre ? Je ne puis plus rien supporter. Je ne suis plus jeune, et cependant il me semble que je le redeviendrais à certaines conditions ; mais tout ce que je vois m'entraîne vers la tombe. Allons, soutiens-moi, pauvre enfant, je ne te donnerai pas longtemps cette peine.

Catherine et Marie sortent.

ACTE III SCÈNE V

Chez la marquise.

La marquise, parée, devant un miroir.

La marquise Quand je pense que cela est, cela me fait l'effet d'une nouvelle qu'on m'apprendrait tout à coup. Quel précipice que la vie ! Comment ! il est déjà neuf heures, et c'est le duc que j'attends dans cette toilette ! N'importe, advienne que pourra, je veux essayer mon pouvoir.

Entre le cardinal.

Le cardinal Quelle parure, marquise ! voilà des fleurs qui embaument.

La marquise Je ne puis vous recevoir, cardinal — j'attends une amie — vous m'excuserez.

Le cardinal Je vous laisse, je vous laisse. Ce boudoir dont j'aperçois la porte entrouverte là-bas, c'est un petit paradis. Irai-je vous y attendre ?

La marquise Je suis pressée, pardonnez-moi — non — pas dans mon boudoir — où vous voudrez.

Le cardinal Je reviendrai dans un moment plus favorable.

Le cardinal sort.

La marquise Pourquoi toujours le visage de ce prêtre ? Quels cercles décrit donc autour de moi ce vautour à tête chauve, pour que je le trouve sans cesse derrière moi quand je me retourne ? Est-ce que l'heure de ma mort serait proche ?

Entre un page qui lui parle à l'oreille.

C'est bon, j'y vais. Ah ! ce métier de servante, tu n'y es pas fait, pauvre cœur orgueilleux.

La marquise sort.

SCÈNE VI

Le boudoir de la marquise.
La marquise, le duc.

La marquise C'est ma façon de penser — je t'aimerais ainsi.

Le duc Des mots, des mots, et rien de plus.

La marquise Vous autres hommes, cela est si peu pour vous ! Sacrifier le repos de ses jours, la sainte chasteté de l'honneur, quelquefois ses enfants même, — ne vivre que pour un seul être au monde — se donner, enfin, se donner, puisque cela s'appelle ainsi ! Mais cela n'en vaut pas la peine ! à quoi bon écouter une femme ? une femme qui parle d'autre chose que de chiffons et de libertinage, cela ne se voit pas !

Le duc Vous rêvez tout éveillée.

La marquise Oui, par le ciel ! oui, j'ai fait un rêve — hélas ! les rois seuls n'en font jamais — toutes les chimères de leurs caprices se transforment en réalités, et leurs cauchemars eux-mêmes se changent en marbre. Alexandre ! Alexandre ! quel mot que celui-là : Je peux si je veux ! — Ah ! Dieu lui-même n'en sait pas plus ! — Devant ce mot, les mains des peuples se joignent dans une prière craintive, et le pâle troupeau des hommes retient son haleine pour écouter.

Le duc N'en parlons plus, ma chère, cela est fatigant.

La marquise Être un roi, sais-tu ce que c'est ? Avoir au bout de son bras cent mille mains ! Être le rayon de soleil qui sèche les larmes des hommes ! Être le bonheur et le malheur ! Ah ! quel frisson mortel cela donne ! Comme il tremblerait, ce vieux du Vatican, si tu ouvrais tes ailes, toi, mon aiglon ! César est si loin ! la garnison t'est si dévouée ! Et, d'ailleurs, on égorge une armée, mais l'on n'égorge pas un peuple. Le jour où tu auras pour toi la nation tout entière, où tu seras la tête d'un corps libre, où tu diras : « Comme le doge de Venise épouse l'Adriatique*, ainsi je mets mon anneau d'or au doigt de ma belle Florence, et ses enfants sont mes enfants... » Ah ! sais-tu ce que c'est qu'un peuple qui prend son bienfaiteur dans ses bras ? Sais-tu ce que c'est que d'être montré par un père à son enfant ?

** Tous les ans, le doge de Venise célébrait symboliquement ses épousailles avec l'Adriatique en jetant un anneau d'or dans la mer.*

Le duc Je me soucie de l'impôt ; pourvu qu'on le paye, que m'importe ?

La marquise Mais enfin, on t'assassinera. — Les pavés sortiront de terre et t'écraseront. Ah ! la Postérité ! N'as-tu jamais vu ce spectre-là au chevet de ton lit ? Ne t'es-tu jamais demandé ce que penseront de toi ceux qui sont dans le ventre des vivants ? Et tu vis, toi — il est encore temps ! Tu n'as qu'un mot à dire. Te souviens-tu du Père de la Patrie ? Va, cela est facile d'être un grand roi, quand on est roi. Déclare Florence indépendante, réclame l'exécution du traité avec l'empire, tire ton épée, et montre-la — ils te diront de la remettre au fourreau, que ses éclairs leur font mal aux yeux. Songe donc comme tu es jeune ! Rien n'est décidé sur ton compte. — Il y a dans le cœur des peuples de larges indulgences pour les princes, et la reconnaissance publique est un profond fleuve d'oubli pour leurs fautes passées. On t'a mal conseillé, on t'a trompé — mais il est encore temps — tu n'as qu'à dire — tant que tu es vivant, la page n'est pas tournée dans le livre de Dieu.

Le duc Assez, ma chère, assez.

La marquise Ah ! quand elle le sera ! quand un misérable jardinier, payé à la journée, viendra arroser à contrecœur quelques chétives marguerites autour du tombeau d'Alexandre — quand les pauvres respireront gaiement l'air du ciel, et n'y verront plus planer le sombre météore de ta puissance — quand ils parleront de toi en secouant la tête — quand ils compteront autour de ta tombe les tombes de leurs parents — es-tu sûr de dormir tranquille dans ton dernier sommeil ? — Toi qui ne vas pas à la messe, et qui ne tiens qu'à l'impôt, es-tu sûr que l'Éternité soit sourde, et qu'il n'y ait pas un écho de la vie dans le séjour hideux des trépassés ? Sais-tu où vont les larmes des peuples, quand le vent les emporte ?

Le duc Tu as une jolie jambe.

La marquise Écoute-moi. Tu es étourdi, je le sais, mais tu n'es pas méchant ; non, sur Dieu, tu ne l'es pas, tu ne peux pas l'être. Voyons, fais-toi violence — réfléchis un instant, un seul instant, à ce que je te dis. N'y a-t-il rien dans tout cela ? Suis-je décidément une folle ?

Le duc Tout cela me passe bien par la tête, mais qu'est-ce que je fais donc de si mal ? Je vaux bien mes voisins ; je vaux, ma foi, mieux que le pape. Tu me fais penser aux Strozzi avec tous tes discours — et tu sais que je les déteste. Tu veux que je me révolte contre César — César est mon beau-père*, ma chère amie. Tu te figures que les Florentins ne m'aiment pas — je suis sûr qu'ils m'aiment, moi. Eh ! parbleu, quand tu aurais raison, de qui veux-tu que j'aie peur ?

** Alexandre avait épousé en 1536 Marguerite d'Autriche, fille naturelle de Charles Quint.*

La marquise Tu n'as pas peur de ton peuple — mais tu as peur de l'empereur. Tu as tué ou déshonoré des centaines de citoyens, et tu crois avoir tout fait quand tu mets une cotte de mailles sous ton habit.

Le duc Paix ! point de ceci.

La marquise Ah ! je m'emporte, je dis ce que je ne veux pas dire. Mon ami, qui ne sait pas que tu es brave ? Tu es brave comme tu es beau. Ce que tu as fait de mal, c'est ta jeunesse, c'est ta tête — que sais-je, moi ? c'est le sang qui coule violemment dans ces veines brûlantes, c'est ce soleil étouffant qui nous pèse. — Je t'en supplie, que je ne sois pas perdue sans ressource ; que mon nom, que mon pauvre amour pour toi ne soit pas inscrit sur une liste infâme. Je suis une femme, c'est vrai, et si la beauté est tout pour les femmes, bien d'autres valent mieux que moi. Mais n'as-tu rien, dis-moi — dis-moi donc, toi ! voyons ! n'as-tu donc rien, rien là ?

La marquise frappe le cœur du duc.

Le duc Quel démon ! Assieds-toi donc là, ma petite.

La marquise Eh bien ! oui, je veux bien l'avouer, oui, j'ai de l'ambition, non pas pour moi — mais toi ! toi, et ma chère Florence ! — O Dieu ! tu m'es témoin de ce que je souffre !

Le duc Tu souffres ? qu'est-ce que tu as ?

La marquise Non, je ne souffre pas. Écoute ! écoute ! Je vois que tu t'ennuies auprès de moi. Tu comptes les moments, tu détournes la tête — ne t'en va pas encore — c'est peut-être la dernière fois que je te vois. Écoute ! je te dis que Florence t'appelle sa peste nouvelle, et qu'il n'y a pas une chaumière où ton portrait ne soit collé sur les murailles, avec un coup de couteau dans le cœur. Que je sois folle, que tu me haïsses demain, que m'importe ? tu sauras cela.

Le duc Malheur à toi, si tu joues avec ma colère !

La marquise Oui, malheur à moi ! malheur à moi !

Le duc Une autre fois — demain matin, si tu veux — nous pourrons nous revoir, et parler de cela. Ne te fâche pas, si je te quitte à présent ; il faut que j'aille à la chasse.

La marquise Oui, malheur à moi ! malheur à moi !

Le duc Pourquoi ? Tu as l'air sombre comme l'enfer. Pourquoi diable aussi te mêles-tu de politique ? Allons, allons, ton petit rôle de femme, et de vraie femme, te va si bien. Tu es trop dévote ; cela se formera. Aide-moi donc à remettre mon habit ; je suis tout débraillé.

La marquise Adieu, Alexandre.

Le duc embrasse la marquise. Entre le cardinal.

Le cardinal Ah ! — Pardon, Altesse, je croyais ma sœur toute seule. Je suis un maladroit ; c'est à moi d'en porter la peine. Je vous supplie de m'excuser.

Le duc Comment l'entendez-vous ? Allons donc, Malaspina, voilà qui sent le prêtre. Est-ce que vous devez voir ces choses-là ? Venez donc, venez donc ; que diable est-ce que cela vous fait ?

Le duc et le cardinal sortent ensemble.

La marquise (seule, tenant le portrait de son mari) Où es-tu maintenant, Laurent ? Il est midi passé. Tu te promènes sur la terrasse, devant les grands marronniers. Autour de toi paissent tes génisses grasses ; tes garçons de ferme dînent à l'ombre. La pelouse soulève son manteau blanchâtre aux rayons du soleil ; les arbres, entretenus par tes soins, murmurent religieusement sur la tête blanche de leur vieux maître, tandis que l'écho de nos longues arcades répète avec respect le bruit de ton pas tranquille. O mon Laurent ! j'ai perdu le trésor de ton honneur, j'ai voué au ridicule et au doute les dernières années de ta noble vie. Tu ne presseras plus sur ta cuirasse un cœur digne du tien ; ce sera une main tremblante qui t'apportera ton repas du soir quand tu rentreras de la chasse.

SCÈNE VII

Chez les Strozzi. Les quarante Strozzi, à souper.

Philippe Mes enfants, mettons-nous à table.

Les convives Pourquoi reste-t-il deux sièges vides ?

Philippe Pierre et Thomas sont en prison.

Les convives Pourquoi ?

Philippe Parce que Salviati a insulté ma fille, que voilà, à la foire de Montolivet, publiquement, et devant son frère Léon. Pierre et Thomas ont tué Salviati, et Alexandre de Médicis les a fait arrêter pour venger la mort de son ruffian.

Les convives Meurent les Médicis !

Philippe J'ai rassemblé ma famille pour lui raconter mes chagrins, et la prier de me secourir. Soupons, et sortons ensuite l'épée à la main pour redemander mes deux fils, si vous avez du cœur.

Les convives C'est dit ; nous voulons bien.

Philippe Il est temps que cela finisse, voyez-vous ! On nous tuerait nos enfants et on déshonorerait nos filles. Il est temps que Florence apprenne à ces bâtards ce que c'est que le droit de vie et de mort. Les Huit n'ont pas le droit de condamner mes enfants ; et moi, je n'y survivrais pas.

Les convives N'aie pas peur, Philippe, nous sommes là.

Philippe Je suis le chef de la famille ; comment souffrirais-je qu'on m'insultât ? Nous sommes tout autant que les Médicis, les Ruccellaï tout autant, les Aldobrandini* et vingt autres. Pourquoi ceux-là pourraient-ils faire égorger nos enfants plutôt que nous les leurs ? Qu'on allume un tonneau de poudre dans les caves de la citadelle, et voilà la garnison allemande en déroute. Que reste-t-il à ces Médicis ? Là est leur force ; hors de là, ils ne sont rien. Sommes-nous des hommes ? Est-ce à dire qu'on abattra d'un coup de hache les nobles familles de Florence, et qu'on arrachera de la terre natale des racines aussi vieilles qu'elle ? C'est par nous qu'on commence, c'est à nous de tenir ferme. Notre premier cri d'alarme, comme le coup de sifflet de l'oiseleur, va rabattre sur Florence une armée tout entière d'aigles chassés du nid. Ils ne sont pas loin ; ils tournoient autour de la ville, les yeux fixés sur ses clochers. Nous y planterons le drapeau noir de la peste ; ils accourront à ce signal de mort. Ce sont les couleurs de la colère céleste. Ce soir, allons d'abord délivrer nos fils ; demain nous irons tous ensemble, l'épée nue, à la porte de toutes les grandes familles. Il y a à Florence quatre-vingts palais, et de chacun d'eux sortira une troupe pareille à la nôtre, quand la Liberté y frappera.

** Cette famille a donné à l'Église le pape, Clément VIII (Hippolyte Aldobrandini, 1536-1605), dont le père, Sylvestre, fut un adversaire d'Alexandre de Médicis.*

Les convives Vive la liberté !

Philippe Je prends Dieu à témoin que c'est la violence qui me force à tirer l'épée, que je suis resté durant soixante ans bon et paisible citoyen, que je n'ai jamais fait de mal à qui que ce soit au monde, et que la moitié de ma fortune a été employée à secourir les malheureux.

	Les convives C'est vrai.
	Philippe C'est une juste vengeance qui me pousse à la révolte, et je me fais rebelle parce que Dieu m'a fait père. Je ne suis poussé par aucun motif d'ambition, ni d'intérêt, ni d'orgueil. Ma cause est loyale, honorable et sacrée. Emplissez vos coupes et levez-vous. Notre vengeance est une hostie que nous pouvons briser sans crainte, et partager devant Dieu. Je bois à la mort des Médicis !
Les convives se lèvent et boivent.	**Les convives** A la mort des Médicis !
	Louise (posant son verre) Ah ! je vais mourir.
	Philippe Qu'as-tu, ma fille, mon enfant bien-aimée ? qu'as-tu, mon Dieu ! que t'arrive-t-il ? Mon Dieu, mon Dieu, comme tu pâlis ! Parle, qu'as-tu ? parle à ton père. Au secours ! Au secours ! Un médecin ! Vite, vite, il n'est plus temps.
	Louise Je vais mourir, je vais mourir.
Louise meurt.	**Philippe** Elle s'en va, mes amis, elle s'en va ! Un médecin ! ma fille est empoisonnée !
Philippe tombe à genoux près de Louise.	**Un convive** Coupez son corset ! faites-lui boire de l'eau tiède ; si c'est du poison, il faut de l'eau tiède.
Les domestiques accourent.	**Un autre convive** Frappez-lui dans les mains, ouvrez les fenêtres, et frappez-lui dans les mains.
	Un autre Ce n'est peut-être qu'un étourdissement ; elle aura bu avec trop de précipitation.
	Un autre Pauvre enfant ! comme ses traits sont calmes ! Elle ne peut pas être morte ainsi tout d'un coup.
	Philippe Mon enfant ! es-tu morte, es-tu morte, Louise, ma fille bien-aimée ?
	Le premier convive Voilà le médecin qui accourt.
Un médecin entre.	**Le second convive** Dépêchez-vous, monsieur ; dites-nous si c'est du poison.

Philippe C'est un étourdissement, n'est-ce pas ?

Le médecin Pauvre jeune fille ! elle est morte.

Un profond silence règne dans la salle ; Philippe est toujours à genoux auprès de Louise et lui tient les mains.

Un des convives C'est du poison des Médicis. Ne laissons pas Philippe dans l'état où il est. Cette immobilité est effrayante.

Un autre Je suis sûr de ne pas me tromper. Il y avait autour de la table un domestique qui a appartenu à la femme de Salviati.

Un autre C'est lui qui a fait le coup, sans aucun doute. Sortons, et arrêtons-le.

Ils sortent.

Le premier convive Philippe ne veut pas répondre à ce qu'on lui dit ; il est frappé de la foudre.

Un autre C'est horrible ! C'est un meurtre inouï !

Un autre Cela crie vengeance au ciel ! Sortons, et allons égorger Alexandre.

Un autre Oui, sortons ; mort à Alexandre ! C'est lui qui a tout ordonné. Insensés que nous sommes ! ce n'est pas d'hier que date sa haine contre nous. Nous agissons trop tard.

Un autre Salviati n'en voulait pas à cette pauvre Louise pour son propre compte ; c'est pour le duc qu'il travaillait. Allons, partons, quand on devrait nous tuer jusqu'au dernier.

Philippe (se levant) Mes amis, vous enterrerez ma pauvre fille, n'est-ce pas ? (Il met son manteau) dans mon jardin, derrière les figuiers. Adieu, mes bons amis ; adieu ; portez-vous bien.

Un convive Où vas-tu, Philippe ?

Philippe J'en ai assez, voyez-vous ; j'en ai autant que j'en puis porter. J'ai mes deux fils en prison, et voilà ma fille morte. J'en ai assez, je m'en vais d'ici.

Un convive Tu t'en vas ? tu t'en vas sans vengeance ?

Philippe Oui, oui. Ensevelissez seulement ma pauvre fille, mais ne l'enterrez pas, c'est à moi de l'enterrer. Je le ferai à ma façon, chez de pauvres moines que je connais, et qui viendront la chercher demain. A quoi sert-il de la regarder ? Elle est morte ; ainsi cela est inutile. Adieu, mes amis, rentrez chez vous, portez-vous bien.

Un convive Ne le laissez pas sortir, il a perdu la raison.

Un autre Quelle horreur ! je me sens prêt à m'évanouir dans cette salle.

Il sort.

Philippe Ne me faites pas violence, ne m'enfermez pas dans une chambre où est le cadavre de ma fille — laissez-moi m'en aller.

Un convive Venge-toi, Philippe, laisse-nous te venger. Que ta Louise soit notre Lucrèce ! Nous ferons boire à Alexandre le reste de son verre.

Un autre La nouvelle Lucrèce ! Nous allons jurer sur son corps de mourir pour la liberté ! Rentre chez toi, Philippe, pense à ton pays ; ne rétracte pas tes paroles.

Philippe Liberté, vengeance, voyez-vous, tout cela est beau. J'ai deux fils en prison, et voilà ma fille morte. Si je reste ici, tout va mourir autour de moi ; l'important, c'est que je m'en aille, et que vous vous teniez tranquilles. Quand ma porte et mes fenêtres seront fermées, on ne pensera plus aux Strozzi ; si elles restent ouvertes, je m'en vais vous voir tomber tous les uns après les autres. Je suis vieux, voyez-vous, il est temps que je ferme ma boutique. Adieu, mes amis, restez tranquilles ; si je n'y suis plus, on ne vous fera rien. Je m'en vais de ce pas à Venise.

Un convive Il fait un orage épouvantable ; reste ici cette nuit.

Philippe N'enterrez pas ma pauvre enfant ; mes vieux moines viendront demain, et ils l'emporteront. Dieu de justice ! Dieu de justice ! que t'ai-je fait ?

Philippe sort en courant.

ACTE 4

Au palais du duc. Entrent le duc et Lorenzo.

Le duc J'aurais voulu être là ; il devait y avoir plus d'une face en colère. Mais je ne conçois pas qui a pu empoisonner cette Louise.

Lorenzo Ni moi non plus, à moins que ce ne soit vous.

Le duc Philippe doit être furieux ! On dit qu'il est parti pour Venise. Dieu merci, me voilà délivré de ce vieillard insupportable. Quant à la chère famille, elle aura la bonté de se tenir tranquille. Sais-tu qu'ils ont failli faire une petite révolution dans leur quartier. On m'a tué deux Allemands.

Lorenzo Ce qui me fâche le plus, c'est que cet honnête Salviati a une jambe coupée. Avez-vous retrouvé votre cotte de mailles ?

Le duc Non, en vérité ; j'en suis plus mécontent que je ne puis le dire.

Lorenzo Méfiez-vous de Giomo ; c'est lui qui vous l'a volée. Que portez-vous à la place ?

Le duc Rien. Je ne puis en supporter une autre ; il n'y en a pas d'aussi légère que celle-là.

Lorenzo Cela est fâcheux pour vous.

Le duc Tu ne me parles pas de ta tante.

Lorenzo C'est par oubli, car elle vous adore ; ses yeux ont perdu le repos depuis que l'astre de votre amour s'est levé dans son pauvre cœur. De grâce, seigneur, ayez quelque pitié pour elle ; dites quand vous voulez la recevoir, et à quelle heure il lui sera loisible de vous sacrifier le peu de vertu qu'elle a.

Le duc Parles-tu sérieusement ?

Lorenzo Aussi sérieusement que la Mort elle-même. Je voudrais voir qu'une tante à moi ne couchât pas avec vous.

Le duc Où pourrais-je la voir ?

Lorenzo Dans ma chambre, seigneur. Je ferai mettre des rideaux blancs à mon lit et un pot de réséda sur ma table ; après quoi je coucherai par écrit sur votre calepin que ma tante sera en chemise à minuit précis, afin que vous ne l'oubliiez pas après votre souper.

Le duc Je n'ai garde. Peste ! Catherine est un morceau de roi. Eh ! dis-moi, habile garçon, tu es vraiment sûr qu'elle viendra ? Comment t'y es-tu pris ?

Lorenzo Je vous dirai cela.

Le duc Je m'en vais voir un cheval que je viens d'acheter ; adieu et à ce soir. Viens me prendre après souper ; nous irons ensemble à ta maison. Quant à la Cibo, j'en ai par-dessus les oreilles ; hier encore, il a fallu l'avoir sur le dos pendant toute la chasse. Bonsoir, mignon.

Le duc sort.

Lorenzo (seul) Ainsi c'est convenu. Ce soir je l'emmène chez moi, et demain les républicains verront ce qu'ils ont à faire, car le duc de Florence sera mort. Il faut que j'avertisse Scoronconcolo. Dépêche-toi, soleil, si tu es curieux des nouvelles que cette nuit te dira demain.

Lorenzo sort.

Une rue. Pierre et Thomas Strozzi, sortant de prison.

Pierre J'étais bien sûr que les Huit me renverraient absous ; et toi aussi. Viens, frappons à notre porte, et allons embrasser notre père. Cela est singulier, les volets sont fermés !

Le portier (ouvrant) Hélas ! seigneur, vous savez les nouvelles.

Pierre Quelles nouvelles ? tu as l'air d'un spectre qui sort d'un tombeau, à la porte de ce palais désert.

Le portier Est-il possible que vous ne sachiez rien ?

Deux moines arrivent.

Thomas Et que pourrions-nous savoir ? Nous sortons de prison. Parle, qu'est-il arrivé ?

Le portier Hélas ! mes pauvres seigneurs ! cela est horrible à dire.

Les moines (s'approchant) Est-ce ici le palais des Strozzi ?

Le portier Oui ; que demandez-vous ?

Les moines Nous venons chercher le corps de Louise Strozzi. Voilà l'autorisation de Philippe, afin que vous nous laissiez l'emporter.

Pierre Comment dites-vous ? Quel corps demandez-vous ?

Les moines Éloignez-vous, mon enfant, vous portez sur votre visage la ressemblance de Philippe ; il n'y a rien de bon à apprendre ici pour vous.

Thomas Comment ? elle est morte ? morte ? ô Dieu du ciel !

Thomas s'assoit à l'écart.

Pierre Je suis plus ferme que vous ne pensez. Qui a tué ma sœur ? car on ne meurt pas à son âge dans l'espace d'une nuit, sans une cause extraordinaire. Qui l'a tuée, que je le tue ? Répondez-moi, ou vous êtes mort vous-même.

Le portier Hélas ! hélas ! qui peut le dire ? Personne n'en sait rien.

Pierre Où est mon père ? Viens, Thomas, point de larmes. Par le ciel ! mon cœur se serre comme s'il allait s'ossifier dans mes entrailles, et rester un rocher pour l'éternité.

Les moines Si vous êtes le fils de Philippe, venez avec nous. Nous vous conduirons à lui ; il est depuis hier à notre couvent.

Pierre Et je ne saurai pas qui a tué ma sœur ? Écoutez-moi, prêtres ; si vous êtes l'image de Dieu, vous pouvez recevoir un serment. Par tout ce qu'il y a d'instruments de supplice sous le ciel, par les tortures de l'enfer... Non, je ne veux pas dire un mot. Dépêchons-nous, que je voie mon père. O Dieu ! ô Dieu ! faites que ce que je soupçonne soit la vérité, afin que je les broie sous mes pieds comme des grains de sable. Venez, venez, avant que je perde la force. Ne me dites pas un mot ; il s'agit là d'une vengeance, voyez-vous, telle que la colère céleste n'en a pas rêvé.

Ils sortent.

SCÈNE III

Une rue. Lorenzo, Scoronconcolo.

Lorenzo Rentre chez toi, et ne manque pas de venir à minuit ; tu t'enfermeras dans mon cabinet jusqu'à ce qu'on vienne t'avertir.

Scoronconcolo Oui, monseigneur.

Scoronconcolo sort.

Lorenzo (seul) De quel tigre a rêvé ma mère enceinte de moi ? Quand je pense que j'ai aimé les fleurs, les prairies et les sonnets de Pétrarque, le spectre de ma jeunesse se lève devant moi en frissonnant. O Dieu ! pourquoi ce seul mot : « A ce soir », fait-il pénétrer jusque dans mes os cette joie brûlante comme un fer rouge ? De quelles entrailles fauves, de quels velus embrassements suis-je donc sorti ? Que m'avait fait cet homme ? Quand je pose ma main là, sur mon cœur, et que je réfléchis — qui donc m'entendra dire demain : « Je l'ai tué », sans me répondre : « Pourquoi l'as-tu tué ? » Cela est étrange. Il a fait du mal aux autres, mais il m'a fait du bien, du moins à sa manière. Si j'étais

* *Lorenzo a passé la plus grande partie de son enfance dans ce village voisin de Florence.*

resté tranquille au fond de mes solitudes de Cafaggiuolo*, il ne serait pas venu m'y chercher, et moi je suis venu le chercher à Florence. Pourquoi cela ? Le spectre de mon père me conduisait-il, comme Oreste, vers un nouvel Égisthe ? M'avait-il offensé alors ? Cela est étrange, et cependant pour cette action j'ai tout quitté. La seule pensée de ce meurtre a fait tomber en poussière les rêves de ma vie ; je n'ai plus été qu'une ruine, dès que ce meurtre, comme un corbeau sinistre, s'est posé sur ma route et m'a appelé à lui. Que veut dire cela ? Tout à l'heure, en passant sur la place, j'ai entendu deux hommes parler d'une comète. Sont-ce bien les battements d'un cœur humain que je sens là, sous les os de ma poitrine ? Ah ! pourquoi cette idée me vient-elle si souvent depuis quelque temps ? — Suis-je le bras de Dieu ? Y a-t-il une nuée au-dessus de ma tête ? Quand j'entrerai dans cette chambre, et que je voudrai tirer mon épée du fourreau, j'ai peur de tirer l'épée flamboyante de l'archange, et de tomber en cendres sur ma proie.

Lorenzo sort.

ACTE IV SCÈNE IV

Chez le marquis Cibo. Entrent le cardinal et la marquise.

La marquise Comme vous voudrez, Malaspina.

Le cardinal Oui, comme je voudrai. Pensez-y à deux fois, marquise, avant de vous jouer à moi. Êtes-vous une femme comme les autres, et faut-il qu'on ait une chaîne d'or au cou et un mandat à la main, pour que vous compreniez qui on est ? Attendez-vous qu'un valet crie à tue-tête en ouvrant une porte devant moi, pour savoir quelle est ma puissance ? Apprenez-le : ce ne sont pas les titres qui font l'homme — je ne suis ni envoyé du pape ni capitaine de Charles Quint — je ne suis plus cela.

La marquise Oui, je le sais. César a vendu son ombre au diable ; cette ombre impériale se promène, affublée d'une robe rouge, sous le nom de Cibo.

Le cardinal Vous êtes la maîtresse d'Alexandre, songez à cela ; et votre secret est entre mes mains.

La marquise Faites-en ce qu'il vous plaira ; nous verrons l'usage qu'un confesseur sait faire de sa conscience.

Le cardinal Vous vous trompez ; ce n'est pas par votre confession que je l'ai appris. Je l'ai vu de mes propres yeux, je vous ai vue embrasser le duc. Vous me l'auriez avoué au confessionnal que je pourrais encore en parler sans péché, puisque je l'ai vu hors du confessionnal.

La marquise Eh bien, après ?

Le cardinal Pourquoi le duc vous quittait-il d'un pas si nonchalant, et en soupirant comme un écolier quand la cloche sonne ? Vous l'aviez rassasié de votre patriotisme, qui, comme une fade boisson, se mêle à tous les mets de votre table. Quels livres avez-vous lus, et quelle sotte duègne était donc votre gouvernante, pour que vous ne sachiez pas que la maîtresse d'un roi parle ordinairement d'autre chose que de patriotisme ?

La marquise J'avoue que l'on ne m'a jamais appris nettement de quoi devait parler la maîtresse d'un roi ; j'ai négligé de m'instruire sur ce point, comme aussi, peut-être, de manger du riz pour m'engraisser, à la mode turque.

Le cardinal Il ne faut pas une grande science pour garder un amant un peu plus de trois jours.

La marquise Qu'un prêtre eût appris cette science à une femme, cela eût été fort simple. Que ne m'avez-vous conseillée ?

Le cardinal Voulez-vous que je vous conseille ? Prenez votre manteau, et allez vous glisser dans l'alcôve du duc. S'il s'attend à des phrases en vous voyant, prouvez-lui que vous savez n'en pas faire à toutes les heures ; soyez pareille à une somnambule, et faites en sorte que s'il s'endort sur ce cœur républicain, ce ne soit pas d'ennui. Êtes-vous vierge ? n'y a-t-il plus de vin de Chypre ? n'avez-vous pas au fond de la mémoire quelque joyeuse chanson ? n'avez-vous pas lu l'Arétin* ?

** Pietro Bacci, dit l'Arétin (1492-1556), célèbre poète libertin.*

La marquise O ciel ! j'ai entendu murmurer des mots comme ceux-là à de hideuses vieilles qui grelottent sur le Marché-Neuf. Si vous n'êtes pas un prêtre, êtes-vous un homme ? êtes-vous sûr que le ciel est vide, pour faire ainsi rougir votre pourpre elle-même ?

Le cardinal Il n'y a rien de si vertueux que l'oreille d'une femme dépravée. Feignez ou non de me comprendre, mais souvenez-vous que mon frère est votre mari.

La marquise Quel intérêt vous avez à me torturer ainsi, voilà ce que je ne puis comprendre que vaguement. Vous me faites horreur — que voulez-vous de moi ?

Le cardinal Il y a des secrets qu'une femme ne doit pas savoir, mais qu'elle peut faire prospérer en en sachant les éléments.

La marquise Quel fil mystérieux de vos sombres pensées voudriez-vous me faire tenir ? Si vos désirs sont aussi effrayants que vos menaces, parlez ; montrez-moi du moins le cheveu qui suspend l'épée sur ma tête.

Le cardinal Je ne puis parler qu'en termes couverts, par la raison que je ne suis pas sûr de vous. Qu'il vous suffise de savoir que, si vous eussiez été une autre femme, vous seriez une reine à l'heure qu'il est. Puisque vous m'appelez l'ombre de César, vous auriez vu qu'elle est assez grande pour intercepter le soleil de Florence. Savez-vous où peut conduire un sourire féminin ? Savez-vous où vont les fortunes dont les racines poussent dans les alcôves ? Alexandre est fils du pape, apprenez-le ; et quand le pape était à Bologne... Mais je me laisse entraîner trop loin.

La marquise Prenez garde de vous confesser à votre tour. Si vous êtes le frère de mon mari, je suis la maîtresse d'Alexandre.

Le cardinal Vous l'avez été, marquise, et bien d'autres aussi.

La marquise Je l'ai été — oui, Dieu merci, je l'ai été !

Le cardinal J'étais sûr que vous commenceriez par vos rêves ; il faudra cependant que vous en veniez quelque jour aux miens. Écoutez-moi, nous nous querellons assez mal à propos ; mais en vérité, vous prenez tout au sérieux. Réconciliez-vous avec Alexandre, et puisque je vous ai blessée tout à l'heure en vous disant comment, je n'ai que faire de le répéter. Laissez-vous conduire ; dans un an, dans deux ans, vous me remercierez. J'ai travaillé longtemps pour être ce que je suis, et je sais où l'on peut aller. Si j'étais sûr de vous, je vous dirais des choses que Dieu lui-même ne saura jamais.

La marquise N'espérez rien, et soyez assuré de mon mépris.

La marquise veut sortir.

Le cardinal Un instant ! Pas si vite ! N'entendez-vous pas le bruit d'un cheval ? Mon frère ne doit-il pas venir aujourd'hui ou demain ? Me connaissez-vous pour un homme qui a deux paroles ? Allez au palais ce soir, ou vous êtes perdue.

La marquise Mais enfin, que vous soyez ambitieux, que tous les moyens vous soient bons, je le conçois ; mais parlerez-vous plus clairement ? Voyons, Malaspina, je ne veux pas désespérer tout à fait de ma perversion. Si vous pouvez me convaincre, faites-le — parlez-moi franchement. Quel est votre but ?

Le cardinal Vous ne désespérez pas de vous laisser convaincre, n'est-il pas vrai ? Me prenez-vous pour un enfant, et croyez-vous qu'il suffise de me frotter les lèvres de miel pour me les desserrer ? Agissez d'abord, je parlerai après. Le jour où, comme femme, vous aurez pris l'empire nécessaire, non pas sur l'esprit d'Alexandre, duc de Florence, mais sur le cœur d'Alexandre, votre amant, je vous apprendrai le reste, et vous saurez ce que j'attends.

La marquise Ainsi donc, quand j'aurai lu l'Arétin pour me donner une première expérience, j'aurai à lire, pour en acquérir une seconde, le livre secret de vos pensées ? Voulez-vous que je vous dise, moi, ce que vous n'osez pas me dire ? Vous servez le pape, jusqu'à ce que l'empereur trouve que vous êtes meilleur valet què le pape lui-même. Vous espérez qu'un jour César vous devra bien réellement, bien complètement, l'esclavage de l'Italie, et ce jour-là — oh ! ce jour-là, n'est-il pas vrai, celui qui est le roi de la moitié du monde pourrait bien vous donner en récompense le chétif héritage des cieux. Pour gouverner Florence en gouvernant le duc, vous vous feriez femme tout à l'heure*, si vous pouviez. Quand la pauvre Ricciarda Cibo aura fait faire deux ou trois coups d'État à Alexandre, on aura bientôt ajouté que Ricciarda Cibo mène le duc, mais qu'elle est menée par son beau-frère ; et, comme vous dites, qui sait jusqu'où les larmes des peuples, devenues un océan, pourraient lancer votre barque ? Est-ce à peu près cela ? Mon imagination ne peut aller aussi loin que la vôtre, sans doute, mais je crois que c'est à peu près cela.

* *Immédiatement.*

Le cardinal Allez ce soir chez le duc, ou vous êtes perdue.

La marquise Perdue ? et comment ?

Le cardinal Ton mari saura tout !

La marquise Faites-le, faites-le, je me tuerai.

Le cardinal Menace de femme ! Écoutez-moi. Que vous m'ayez compris bien ou mal, allez ce soir chez le duc.

La marquise Non.

Le cardinal Voilà votre mari qui entre dans la cour. Par tout ce qu'il y a de sacré au monde, je lui raconte tout, si vous dites « non » encore une fois.

La marquise Non, non, non !

Entre le marquis.

Laurent, pendant que vous étiez à Massa, je me suis livrée à Alexandre, je me suis livrée, sachant qui il était, et quel rôle misérable j'allais jouer. Mais voilà un prêtre qui veut m'en faire jouer un plus vil encore ; il me propose des horreurs pour m'assurer le titre de maîtresse du duc, et le tourner à son profit.

La marquise se jette à genoux.

Le marquis Êtes-vous folle ? Que veut-elle dire, Malaspina ? — Eh bien ! vous voilà comme une statue. Ceci est-il une comédie, cardinal ? Eh bien donc ! que faut-il que j'en pense ?

Le cardinal Ah ! corps du Christ !

Le cardinal sort.

Le marquis Elle est évanouie. Holà ! qu'on apporte du vinaigre.

La chambre de Lorenzo. Lorenzo, deux domestiques.

Lorenzo Quand vous aurez placé ces fleurs sur la table et celles-ci au pied du lit, vous ferez un bon feu, mais de manière à ce que cette nuit la flamme ne flambe pas et que les charbons échauffent sans éclairer. Vous me donnerez la clef, et vous irez vous coucher.

Entre Catherine.

Catherine Notre mère est malade ; ne viens-tu pas la voir, Renzo ?

Lorenzo Ma mère est malade ?

Catherine Hélas ! je ne puis te cacher la vérité. J'ai reçu hier un billet du duc, dans lequel il me disait que tu avais dû me parler d'amour pour lui ; cette lecture a fait bien du mal à Marie.

Lorenzo Cependant je ne t'avais pas parlé de cela. N'as-tu pas pu lui dire que je n'étais pour rien là-dedans ?

Catherine Je le lui ai dit. Pourquoi ta chambre est-elle aujourd'hui si belle et en si bon état ? Je ne croyais pas que l'esprit d'ordre fût ton majordome.

Lorenzo Le duc t'a donc écrit ? Cela est singulier que je ne l'aie point su. Et, dis-moi, que penses-tu de sa lettre ?

Catherine Ce que j'en pense ?

Lorenzo Oui, de la déclaration d'Alexandre. Qu'en pense ce petit cœur innocent ?

Catherine Que veux-tu que j'en pense ?

Lorenzo N'as-tu pas été flattée ? un amour qui fait l'envie de tant de femmes ! un titre si beau à conquérir, la maîtresse de... Va-t'en, Catherine, va dire à ma mère que je te suis. Sors d'ici. Laisse-moi ! (Catherine sort.) Par le ciel ! quel homme de cire suis-je donc ? Le Vice, comme la robe de Déjanire*, s'est-il si profondément incorporé à mes fibres, que je ne puisse plus répondre de ma langue, et que l'air qui sort de mes lèvres se fasse ruffian malgré moi ? J'allais

* *Blessé à mort par Hercule, le centaure Nessus avait donné à Déjanire, femme du héros, une tunique imprégnée de son sang en lui assurant que, si son époux la revêtait, il lui redeviendrait fidèle. Mais, à peine Hercule eut-il passé ce vêtement qu'il mourut horriblement brûlé.*

corrompre Catherine. — Je crois que je corromprais ma mère, si mon cerveau le prenait à tâche ; car Dieu sait quelle corde et quel arc les dieux ont tendus dans ma tête, et quelle force ont les flèches qui en partent ! Si tous les hommes sont des parcelles d'un foyer immense, assurément l'être inconnu qui m'a pétri a laissé tomber un tison au lieu d'une étincelle, dans ce corps faible et chancelant. Je puis délibérer et choisir, mais non revenir sur mes pas quand j'ai choisi. O Dieu ! les jeunes gens à la mode ne se font-ils pas une gloire d'être vicieux, et les enfants qui sortent du collège ont-ils quelque chose de plus pressé que de se pervertir ? Quel bourbier doit donc être l'espèce humaine, qui se rue ainsi dans les tavernes avec des lèvres affamées de débauche, quand, moi, qui n'ai voulu prendre qu'un masque pareil à leurs visages, et qui ai été aux mauvais lieux avec une résolution inébranlable de rester pur sous mes vêtements souillés, je ne puis ni me retrouver moi-même ni laver mes mains, même avec du sang ! Pauvre Catherine ! tu mourrais cependant comme Louise Strozzi, ou tu te laisserais tomber comme tant d'autres dans l'éternel abîme, si je n'étais pas là. O Alexandre ! je ne suis pas dévot, mais je voudrais, en vérité, que tu fisses ta prière avant de venir ce soir dans cette chambre. Catherine n'est-elle pas vertueuse, irréprochable ? Combien faudrait-il pourtant de paroles pour faire de cette colombe ignorante la proie de ce gladiateur aux poils roux ! Quand je pense que j'ai failli parler ! Que de filles maudites par leurs pères rôdent au coin des bornes, ou regardent leur tête rasée dans le miroir cassé d'une cellule, qui ont valu autant que Catherine, et qui ont écouté un ruffian moins habile que moi ! Eh bien ! j'ai commis bien des crimes, et si ma vie est jamais dans la balance d'un juge quelconque, il y aura d'un côté une montagne de sanglots ; mais il y aura peut-être de l'autre une goutte de lait pur tombée du sein de Catherine, et qui aura nourri d'honnêtes enfants.

Une vallée, un couvent dans le fond. Entrent Philippe Strozzi et deux moines. Des novices portent le cercueil de Louise ; ils le posent dans un tombeau.

Philippe Avant de la mettre dans son dernier lit, laissez-moi l'embrasser. Lorsqu'elle était couchée, c'est ainsi que je me penchais sur elle pour lui donner le baiser du soir. Ses yeux mélancoliques étaient ainsi fermés à demi mais ils se rouvraient au premier rayon du soleil, comme deux fleurs d'azur ; elle se levait doucement le sourire sur les lèvres, et elle venait rendre à son vieux père son baiser de la veille. Sa figure céleste rendait délicieux un moment bien triste, le réveil d'un homme fatigué de la vie. Un jour de plus, pensais-je en voyant l'aurore, un sillon de plus dans mon champ ! Mais alors j'apercevais ma fille, la vie m'apparaissait sous la forme de sa beauté, et la clarté du jour était la bienvenue.

On ferme le tombeau.

Pierre Strozzi (derrière la scène) Par ici, venez par ici.

Philippe Tu ne te lèveras plus de ta couche ; tu ne poseras pas tes pieds nus sur ce gazon pour revenir trouver ton père. O ma Louise ! il n'y a que Dieu qui ait su qui tu étais, et moi, moi, moi !

Pierre (entrant) Ils sont cent à Sestino, qui arrivent du Piémont. Venez, Philippe, le temps des larmes est passé.

Philippe Enfant, sais-tu ce que c'est que le temps des larmes ?

Pierre Les bannis se sont rassemblés à Sestino ; il est temps de penser à la vengeance. Marchons franchement sur Florence avec notre petite armée. Si nous pouvons arriver à propos pendant la nuit, et surprendre les postes de la citadelle, tout est dit. Par le ciel ! j'élèverai à ma sœur un autre mausolée que celui-là.

Philippe Non pas moi ; allez sans moi, mes amis.

Pierre Nous ne pouvons nous passer de vous ; sachez-le, les confédérés comptent sur votre nom. François Ier * lui-même attend de vous un mouvement en faveur de la liberté. Il vous écrit comme au chef des républicains florentins ; voilà sa lettre.

* *Pierre Strozzi devait passer en 1544 au service du roi de France, qui le fit maréchal en 1556.*

Philippe (ouvrant la lettre) Dis à celui qui t'a apporté cette lettre qu'il réponde ceci au roi de France : « Le jour où Philippe portera les armes contre son pays, il sera devenu fou. »

Pierre Quelle est cette nouvelle sentence ?

Philippe Celle qui me convient.

Pierre Ainsi vous perdez la cause des bannis, pour le plaisir de faire une phrase ? Prenez garde, mon père, il ne s'agit pas là d'un passage de Pline* ; réfléchissez avant de dire non.

* *Philippe Strozzi avait entrepris de corriger* l'Histoire naturelle *de Pline.*

Philippe Il y a soixante ans que je sais ce que je devais répondre à la lettre du roi de France.

Pierre Cela passe toute idée ! vous me forceriez à vous dire de certaines choses. — Venez avec nous, mon père, je vous en supplie. Lorsque j'allais chez les Pazzi, ne m'avez-vous pas dit : Emmène-moi ? — Cela était-il différent alors ?

Philippe Très différent. Un père offensé qui sort de sa maison l'épée à la main, avec ses amis, pour aller réclamer justice, est très différent d'un rebelle qui porte les armes contre son pays, en rase campagne et au mépris des lois.

Pierre Il s'agissait bien de réclamer justice ! il s'agissait d'assommer Alexandre. Qu'est-ce qu'il y a de changé aujourd'hui ? Vous n'aimez pas votre pays, ou sans cela vous profiteriez d'une occasion comme celle-ci.

Philippe Une occasion, mon Dieu ! Cela, une occasion !

Philippe frappe le tombeau.

Pierre Laissez-vous fléchir.

Philippe Je n'ai pas une douleur ambitieuse ; laisse-moi seul, j'en ai assez dit.

Pierre Vieillard obstiné ! inexorable faiseur de sentences ! vous serez cause de notre perte.

Philippe Tais-toi, insolent ! sors d'ici !

Pierre Je ne puis dire ce qui se passe en moi. Allez où il vous plaira, nous agirons sans vous cette fois. Eh ! mort de

Dieu ! il ne sera pas dit que tout soit perdu faute d'un traducteur de latin !

Pierre sort.

Philippe Ton jour est venu, Philippe ! tout cela signifie que ton jour est venu.

SCÈNE VII

Le bord de l'Arno ; un quai. On voit une longue suite de palais. Entre Lorenzo.

Lorenzo Voilà le soleil qui se couche ; je n'ai pas de temps à perdre, et cependant tout ressemble ici à du temps perdu. (Il frappe à une porte.) Holà ! seigneur Alamanno ! holà !

Alamanno (sur sa terrasse) Qui est là ? que me voulez-vous ?

Lorenzo Je viens vous avertir que le duc doit être tué cette nuit. Prenez vos mesures pour demain avec vos amis, si vous aimez la liberté.

Alamanno Par qui doit être tué Alexandre ?

Lorenzo Par Lorenzo de Médicis.

Alamanno C'est toi, Renzinaccio ? Eh ! entre donc souper avec de bons vivants qui sont dans mon salon.

Lorenzo Je n'ai pas le temps ; préparez-vous à agir demain.

Alamanno Tu veux tuer le duc, toi ? Allons donc ! tu as un coup de vin dans la tête.

Alamanno rentre chez lui.

Lorenzo (seul) Peut-être que j'ai tort de leur dire que c'est moi qui tuerai Alexandre, car tout le monde refuse de me croire. (Il frappe à une autre porte.) Holà ! seigneur Pazzi ! holà !

Pazzi (sur sa terrasse) Qui m'appelle ?

Lorenzo Je viens vous dire que le duc sera tué cette nuit. Tâchez d'agir demain pour la liberté de Florence.

ACTE IV SCÈNE VII

Pazzi Qui doit tuer le duc ?

Lorenzo Peu importe, agissez toujours, vous et vos amis. Je ne puis vous dire le nom de l'homme.

Pazzi Tu es fou, drôle, va-t'en au diable !

Pazzi rentre.

Lorenzo (seul) Il est clair que si je ne dis pas que c'est moi, on me croira encore bien moins. (Il frappe à une porte.) Holà ! seigneur Corsini !

Le provéditeur (sur sa terrasse) Qu'est-ce donc ?

Lorenzo Le duc Alexandre sera tué cette nuit.

Le provéditeur Vraiment, Lorenzo ! Si tu es gris, va plaisanter ailleurs. Tu m'as blessé bien mal à propos un cheval, au bal des Nasi ; que le diable te confonde !

Le provéditeur rentre.

Lorenzo Pauvre Florence ! pauvre Florence !

Lorenzo sort.

ACTE IV SCÈNE VIII

Une plaine. Entrent Pierre Strozzi et deux bannis.

Pierre Mon père ne veut pas venir. Il m'a été impossible de lui faire entendre raison.

Premier banni Je n'annoncerai pas cela à mes camarades. Il y a de quoi les mettre en déroute.

Pierre Pourquoi ? Montez à cheval ce soir, et allez bride abattue à Sestino ; j'y serai demain matin. Dites que Philippe a refusé, mais que Pierre ne refuse pas.

Premier banni Les confédérés veulent le nom de Philippe ; nous ne ferons rien sans cela.

Pierre Le nom de famille de Philippe est le même que le mien. Dites que Strozzi viendra, cela suffit.

Premier banni On me demandera lequel des Strozzi, et si je ne réponds pas « Philippe », rien ne se fera.

Pierre Imbécile ! Fais ce qu'on te dit, et ne réponds que pour toi-même. Comment sais-tu d'avance que rien ne se fera ?

Premier banni Seigneur, il ne faut pas maltraiter les gens.

Pierre Allons, monte à cheval, et va à Sestino.

Premier banni Ma foi, monsieur, mon cheval est fatigué ; j'ai fait douze lieues dans la nuit. Je n'ai pas envie de le seller à cette heure.

Pierre Tu n'es qu'un sot. (A l'autre banni.) Allez-y, vous ; vous vous y prendrez mieux.

Le deuxième banni Le camarade n'a pas tort pour ce qui regarde Philippe ; il est certain que son nom ferait bien pour la cause.

Pierre Lâches ! Manants sans cœur ! Ce qui fait bien pour la cause, ce sont vos femmes et vos enfants qui meurent de faim, entendez-vous ? Le nom de Philippe leur remplira la bouche, mais il ne leur remplira pas le ventre. Quels pourceaux êtes-vous ?

Le deuxième banni Il est impossible de s'entendre avec un homme aussi grossier. Allons-nous-en, camarade.

Pierre Va au diable, canaille ! et dis à tes confédérés que s'ils ne veulent pas de moi, le roi de France en veut, lui ! et qu'ils prennent garde qu'on ne me donne la main haute sur vous tous !

Le deuxième banni (à l'autre) Viens, camarade, allons souper ; je suis, comme toi, excédé de fatigue.

Ils sortent.

Une place ; il est nuit. Entre Lorenzo.

Lorenzo Je lui dirai que c'est un motif de pudeur, et j'emporterai la lumière — cela se fait tous les jours —, une nouvelle mariée, par exemple, exige cela de son mari pour entrer dans la chambre nuptiale, et Catherine passe pour très vertueuse. — Pauvre fille ! qui l'est sous le soleil, si elle ne l'est pas ? — Que ma mère mourût de tout cela, voilà ce qui pourrait arriver.

Ainsi donc, voilà qui est fait. Patience ! une heure est une heure, et l'horloge vient de sonner. Si vous y tenez cependant — mais non, pourquoi ? — Emporte le flambeau si tu veux ; la première fois qu'une femme se donne, cela est tout simple. — Entrez donc, chauffez-vous donc un peu. — Oh ! mon Dieu, oui, pur caprice de jeune fille ; et quel motif de croire à ce meurtre ? — Cela pourra les étonner, même Philippe.

Te voilà, toi, face livide ? (La lune paraît.) Si les républicains étaient des hommes, quelle révolution demain dans la ville ! Mais Pierre est un ambitieux ; les Ruccellaï seuls valent quelque chose. — Ah ! les mots, les mots, les éternelles paroles ! S'il y a quelqu'un là-haut, il doit bien rire de nous tous ; cela est très comique, très comique, vraiment. — O bavardage humain ! ô grand tueur de corps morts ! grand défonceur de portes ouvertes ! ô hommes sans bras !

Non ! non ! je n'emporterai pas la lumière. — J'irai droit au cœur ; il se verra tuer... Sang du Christ ! on se mettra demain aux fenêtres.

Pourvu qu'il n'ait pas imaginé quelque cuirasse nouvelle, quelque cotte de mailles. Maudite invention ! Lutter avec Dieu et le diable, ce n'est rien ; mais lutter avec des bouts de ferraille croisés les uns sur les autres par la main sale d'un armurier ! — Je passerai le second pour entrer ; il posera son épée là — ou là — oui, sur le canapé. — Quant à l'affaire du baudrier à rouler autour de la garde, cela est aisé. S'il pouvait lui prendre fantaisie de se coucher, voilà où serait le vrai moyen. Couché, assis, ou debout ? assis plutôt. Je commencerai par sortir ; Scoronconcolo est enfermé dans le cabinet. Alors nous venons, nous venons — je ne voudrais pourtant pas qu'il tournât le dos. J'irai à lui tout droit. Allons, la paix, la paix ! l'heure va venir. — Il faut que j'aille dans quelque cabaret ; je ne m'aperçois pas que je prends du froid, et je viderai un flacon. — Non ; je ne veux pas boire. Où diable vais-je donc ? les cabarets sont fermés.

Est-elle bonne fille ? — Oui, vraiment. — En chemise ? — Oh ! non, non, je ne le pense pas. — Pauvre Catherine ! — Que ma mère mourût de tout cela, ce serait triste. — Et quand je lui aurais dit mon projet, qu'aurais-je pu y faire ? au lieu de la consoler, cela lui aurait fait dire : Crime ! Crime ! jusqu'à son dernier soupir !

Je ne sais pourquoi je marche, je tombe de lassitude. (Il s'assoit sur un banc.) Pauvre Philippe ! une fille belle comme le jour. Une seule fois je me suis assis près d'elle sous le marronnier ; ces petites mains blanches, comme cela travaillait ! Que de journées j'ai passées, moi, assis sous les arbres ! Ah ! quelle tranquillité ! quel horizon à Cafaggiuolo ! Jeannette était jolie, la petite fille du concierge, en faisant sécher sa lessive. Comme elle chassait les chèvres qui venaient marcher sur son linge étendu sur le gazon ! la chèvre blanche revenait toujours, avec ses grandes pattes menues. (Une horloge sonne.) Ah ! ah ! il faut que j'aille là-bas. — Bonsoir, mignon ; eh ! trinque donc avec Giomo. — Bon vin ! Cela serait plaisant qu'il lui vînt à l'idée de me dire : Ta chambre est-elle retirée ? entendra-t-on quelque chose du voisinage ? Cela sera plaisant ; ah ! on y a pourvu. Oui, cela serait drôle qu'il lui vînt cette idée.

Je me trompe d'heure ; ce n'est que la demie. Quelle est donc cette lumière sous le portique de l'église ? on taille, on remue des pierres. Il paraît que ces hommes sont courageux avec les pierres. Comme ils coupent ! comme ils enfoncent ! Ils font un crucifix ; avec quel courage ils le clouent ! Je voudrais voir que leur cadavre de marbre les prît tout d'un coup à la gorge.

Eh bien, eh bien, quoi donc ? j'ai des envies de danser qui sont incroyables. Je crois, si je m'y laissais aller, que je sauterais comme un moineau sur tous ces gros plâtras et sur toutes ces poutres. Eh, mignon, eh, mignon ! mettez vos gants neufs, un plus bel habit que cela, tra la la ! faites-vous beau, la mariée est belle. Mais, je vous le dis à l'oreille, prenez garde à son petit couteau.

Lorenzo sort en courant.

Chez le duc. Le duc, à souper, Giomo. Entre le cardinal Cibo.

Le cardinal Altesse, prenez garde à Lorenzo.

Le duc Vous voilà, Cardinal ! asseyez-vous donc, et prenez donc un verre.

Le cardinal Prenez garde à Lorenzo, Duc. Il a été demander ce soir à l'évêque de Marzi* la permission d'avoir des chevaux de poste cette nuit.

* *Angelo Marzi, évêque d'Assise, apparenté aux Médicis, résidait à Florence.*

Le duc Cela ne se peut pas.

Le cardinal Je le tiens de l'évêque lui-même.

Le duc Allons donc ! je vous dis que j'ai de bonnes raisons pour savoir que cela ne se peut pas.

Le cardinal Me faire croire est peut-être impossible ; je remplis mon devoir en vous avertissant.

Le duc Quand cela serait vrai, que voyez-vous d'effrayant à cela ? Il va peut-être à Cafaggiuolo.

Le cardinal Ce qu'il y a d'effrayant, monseigneur, c'est qu'en passant sur la place pour venir ici, je l'ai vu de mes yeux sauter sur des poutres et des pierres comme un fou. Je l'ai appelé, et, je suis forcé d'en convenir, son regard m'a fait peur. Soyez certain qu'il mûrit dans sa tête quelque projet pour cette nuit.

Le duc Et pourquoi ces projets me seraient-ils dangereux ?

Le cardinal Faut-il tout dire, même quand on parle d'un favori ? Apprenez qu'il a dit ce soir à deux personnes de ma connaissance, publiquement, sur leur terrasse, qu'il vous tuerait cette nuit.

Le duc Buvez donc un verre de vin, Cardinal. Est-ce que vous ne savez pas que Renzo est ordinairement gris au coucher du soleil ?

Entre sire Maurice.

Sire Maurice Altesse, défiez-vous de Lorenzo. Il a dit à trois de mes amis, ce soir, qu'il voulait vous tuer cette nuit.

Le duc Et vous aussi, brave Maurice, vous croyez aux fables ? Je vous croyais plus homme que cela.

Sire Maurice Votre Altesse sait si je m'effraye sans raison. Ce que je dis, je puis le prouver.

Le duc Asseyez-vous donc, et trinquez avec le cardinal. — Vous ne trouverez pas mauvais que j'aille à mes affaires. —

Entre Lorenzo.

Eh bien, mignon, est-il déjà temps ?

Lorenzo Il est minuit tout à l'heure.

Le duc Qu'on me donne mon pourpoint de zibeline.

Lorenzo Dépêchons-nous ; votre belle est peut-être déjà au rendez-vous.

Le duc Quels gants faut-il prendre ? ceux de guerre, ou ceux d'amour ?

Lorenzo Ceux d'amour, Altesse.

Le duc Soit, je veux être un vert-galant.

Le duc et Lorenzo sortent.

Sire Maurice Que dites-vous de cela, Cardinal ?

Le cardinal Que la volonté de Dieu se fait malgré les hommes.

Sire Maurice et le cardinal sortent.

SCÈNE XI

La chambre de Lorenzo. Entrent le duc et Lorenzo.

Le duc Je suis transi, — il fait vraiment froid. (Il ôte son épée.) Eh bien, mignon, qu'est-ce que tu fais donc ?

Lorenzo Je roule votre baudrier autour de votre épée, et je la mets sous votre chevet. Il est bon d'avoir toujours une arme sous la main.

Lorenzo entortille le baudrier de manière à empêcher l'épée de sortir du fourreau.

Le duc Tu sais que je n'aime pas les bavardes, et il m'est revenu que la Catherine était une belle parleuse. Pour éviter les conversations, je vais me mettre au lit. — A propos, pourquoi donc as-tu fait demander des chevaux de poste à l'évêque de Marzi ?

Lorenzo Pour aller voir mon frère, qui est très malade, à ce qu'il m'écrit.

Le duc Va donc chercher ta tante.

Lorenzo Dans un instant.

Lorenzo sort.

Le duc (seul) Faire la cour à une femme qui vous répond « oui » lorsqu'on lui demande « oui ou non », cela m'a toujours paru très sot, et tout à fait digne d'un Français. Aujourd'hui surtout que j'ai soupé comme trois moines, je serais incapable de dire seulement : « Mon cœur, ou mes chères entrailles », à l'infante d'Espagne. Je veux faire semblant de dormir ; ce sera peut-être cavalier, mais ce sera commode.

Le duc se couche. Lorenzo rentre l'épée à la main.

Lorenzo Dormez-vous, Seigneur ?

Lorenzo frappe le duc.

Le duc C'est toi, Renzo ?

Lorenzo Seigneur, n'en doutez pas.

Lorenzo le frappe de nouveau. Entre Scoronconcolo.

Scoronconcolo Est-ce fait ?

Lorenzo Regarde, il m'a mordu au doigt. Je garderai jusqu'à la mort cette bague sanglante, inestimable diamant.

Scoronconcolo Ah ! mon Dieu ! c'est le duc de Florence !

Lorenzo (s'asseyant sur le bord de la fenêtre) Que la nuit est belle ! Que l'air du ciel est pur ! Respire, respire, cœur navré de joie !

Scoronconcolo Viens, Maître, nous en avons trop fait ; sauvons-nous.

Lorenzo Que le vent du soir est doux et embaumé ! Comme les fleurs des prairies s'entrouvrent ! O nature magnifique, ô éternel repos !

Scoronconcolo Le vent va glacer sur votre visage la sueur qui en découle. Venez, Seigneur.

Lorenzo Ah ! Dieu de bonté ! quel moment !

Scoronconcolo (à part) Son âme se dilate singulièrement. Quant à moi, je prendrai les devants.

Scoronconcolo veut sortir.

Lorenzo Attends ! Tire ces rideaux. Maintenant, donne-moi la clef de cette chambre.

Scoronconcolo Pourvu que les voisins n'aient rien entendu !

Lorenzo Ne te souviens-tu pas qu'ils sont habitués à notre tapage ? Viens, partons.

Lorenzo et Scoronconcolo sortent.

ACTE 5

Au palais du duc. Entrent Valori, sire Maurice et Guicciardini*. Une foule de courtisans circulent dans la salle et dans les environs.

* *Connu en France sous le nom de François Guichardin (1483-1540), ce grand historien, après avoir été favorable à la restauration des Médicis, a exercé une influence modératrice sur les ducs Alexandre et Côme.*

Sire Maurice Giomo n'est pas revenu encore de son message ; cela devient de plus en plus inquiétant.

Guicciardini Le voilà qui entre dans la salle.

Entre Giomo.

Sire Maurice Eh bien ! qu'as-tu appris ?

Giomo Rien du tout.

Giomo sort.

Guicciardini Il ne veut pas répondre. Le cardinal Cibo est enfermé dans le cabinet du duc ; c'est à lui seul que les nouvelles arrivent. (Entre un autre messager.) Eh bien ! le duc est-il retrouvé ? sait-on ce qu'il est devenu ?

Le messager Je ne sais pas.

Le messager entre dans le cabinet.

Valori Quel événement épouvantable, Messieurs, que cette disparition ! point de nouvelles du duc ! Ne disiez-vous pas, sire Maurice, que vous l'avez vu hier soir ? Il ne paraissait pas malade ?

Rentre Giomo.

Giomo (à sire Maurice) Je puis vous le dire à l'oreille — le duc est assassiné.

Sire Maurice Assassiné ! par qui ? où l'avez-vous trouvé ?

Giomo Où vous nous aviez dit — dans la chambre de Lorenzo.

Sire Maurice Ah ! sang du diable ! le cardinal le sait-il ?

Giomo Oui, Excellence.

Sire Maurice Que décide-t-il ? Qu'y a-t-il à faire ? Déjà le peuple se porte en foule vers le palais. Toute cette hideuse affaire a transpiré — nous sommes morts si elle se confirme — on nous massacrera.

Des valets portant des tonneaux pleins de vin et de comestibles passent dans le fond.

Guicciardini Que signifie cela ? Va-t-on faire des distributions au peuple ?

Entre un seigneur de la cour.

Le seigneur Le duc est-il visible, Messieurs ? Voilà un cousin à moi, nouvellement arrivé d'Allemagne, que je désire présenter à Son Altesse ; soyez assez bons pour le voir d'un œil favorable.

Guicciardini Répondez-lui, seigneur Valori ; je ne sais que lui dire.

Valori La salle se remplit à tout instant de ces complimenteurs du matin. Ils attendent tranquillement qu'on les admette.

Sire Maurice (à Giomo) On l'a enterré là ?

Giomo Ma foi, oui, dans la sacristie. Que voulez-vous ? Si le peuple apprenait cette mort-là, elle pourrait en causer bien d'autres. Lorsqu'il en sera temps, on lui fera des obsèques publiques. En attendant, nous l'avons emporté dans un tapis.

Valori Qu'allons-nous devenir ?

Plusieurs seigneurs (s'approchant) Nous sera-t-il bientôt permis de présenter nos devoirs à Son Altesse ? Qu'en pensez-vous, Messieurs ?

Entre le cardinal Cibo.

Le cardinal Oui, Messieurs, vous pourrez entrer dans une heure ou deux. Le duc a passé la nuit à une mascarade, et il repose en ce moment !

Des valets suspendent des dominos aux croisées.

Les courtisans Retirons-nous ; le duc est encore couché. Il a passé la nuit au bal.

Les courtisans se retirent. Entrent les Huit*.

* *Ces personnages appartiennent à de grandes familles florentines.*

Niccolini Eh bien ! Cardinal, qu'y a-t-il de décidé ?

Le cardinal Primo avulso, non deficit alter
Aureus, et simili fronde scit virga metallo*.

* *« Le premier rameau arraché, il en pousse un autre, en or, et une branche fleurit, faite du même métal » (Virgile,* Énéide, *VI, 143-144).*

Le cardinal sort.

Niccolini Voilà qui est admirable ; mais qu'y a-t-il de fait ? Le duc est mort ; il faut en élire un autre, et cela le plus vite possible. Si nous n'avons pas un duc ce soir ou demain, c'en est fait de nous. Le peuple est en ce moment comme l'eau qui va bouillir.

Vettori Je propose Octavien de Médicis.

Capponi Pourquoi ? Il n'est pas le premier par les droits du sang.

Acciaiuoli Si nous prenions le cardinal ?

Sire Maurice Plaisantez-vous ?

Ruccellaï Pourquoi, en effet, ne prendriez-vous pas le cardinal, vous qui le laissez, au mépris de toutes les lois, se déclarer seul juge en cette affaire ?

Vettori C'est un homme capable de la bien diriger.

Ruccellaï Qu'il se fasse donner l'ordre du pape.

Vettori C'est ce qu'il a fait ; le pape a envoyé l'autorisation par un courrier que le cardinal a fait partir dans la nuit.

Ruccellaï Vous voulez dire par un oiseau, sans doute ; car un courrier commence par prendre le temps d'aller, avant d'avoir celui de revenir. Nous traite-t-on comme des enfants ?

Canigiani (s'approchant) Messieurs, si vous m'en croyez, voilà ce que nous ferons : nous élirons duc de Florence son fils naturel Julien.

Ruccellaï Bravo ! un enfant de cinq ans ! N'a-t-il pas cinq ans, Canigiani ?

Guicciardini (bas) Ne voyez-vous pas le personnage ? c'est le cardinal qui lui met dans la tête cette sotte proposition. Cibo serait régent, et l'enfant mangerait des gâteaux.

Ruccellaï Cela est honteux ; je sors de cette salle, si on y tient de pareils discours.

Entre Corsi.

Corsi Messieurs, le cardinal vient d'écrire à Côme de Médicis.

Les Huit Sans nous consulter ?

Corsi Le cardinal a écrit pareillement à Pise, à Arezzo, et à Pistoie, aux commandants militaires. Jacques de Médicis sera demain ici avec le plus de monde possible ; Alexandre Vitelli* est déjà dans la forteresse avec la garnison entière. Quant à Lorenzo, il est parti trois courriers pour le joindre.

* *C'est un condottiere au service de Rome et des Médicis.*

Ruccellaï Qu'il se fasse duc tout de suite, votre cardinal, cela sera plus tôt fait.

Corsi Il m'est ordonné de vous prier de mettre aux voix l'élection de Côme de Médicis, sous le titre provisoire de gouverneur de la république florentine.

Giomo (à des valets qui traversent la salle) Répandez du sable autour de la porte, et n'épargnez pas le vin plus que le reste.

Ruccellaï Pauvre peuple ! quel badaud on fait de toi !

Sire Maurice Allons, Messieurs, aux voix. Voici vos billets.

Vettori Côme est en effet le premier en droit après Alexandre ; c'est son plus proche parent.

Acciaiuoli Quel homme est-ce ? je le connais fort peu.

Corsi C'est le meilleur prince du monde.

Guicciardini Hé, hé, pas tout à fait cela. Si vous disiez le plus diffus* et le plus poli des princes, ce serait plus vrai.

* *Diffus : verbeux.*

Sire Maurice Vos voix, Seigneurs.

Ruccellaï Je m'oppose à ce vote formellement, et au nom de tous les citoyens.

Vettori Pourquoi ?

Ruccellaï Il ne faut plus à la république ni princes, ni ducs, ni seigneurs — voici mon vote.

Ruccellaï montre son billet blanc.

Vettori Votre voix n'est qu'une voix. Nous nous passerons de vous.

Ruccellaï Adieu donc ; je m'en lave les mains.

Guicciardini (courant après lui) Eh ! mon Dieu, Palla, vous êtes trop violent.

Ruccellaï Laissez-moi ! J'ai soixante-deux ans passés ; ainsi vous ne pouvez pas me faire grand mal désormais.

Ruccellaï sort.

Niccolini Vos voix, Messieurs ! (Il déplie les billets jetés dans un bonnet.) Il y a unanimité. Le courrier est-il parti pour Trebbio ?

Corsi Oui, Excellence. Côme sera ici dans la matinée de demain, à moins qu'il ne refuse.

Vettori Pourquoi refuserait-il ?

Niccolini Ah ! mon Dieu ! s'il allait refuser, que deviendrions-nous ? Quinze lieues à faire d'ici à Trebbio pour trouver Côme, et autant pour revenir, ce serait une journée de perdue. Nous aurions dû choisir quelqu'un qui fût plus près de nous.

Vettori Que voulez-vous ? — notre vote est fait, et il est probable qu'il acceptera. — Tout cela est étourdissant.

Ils sortent.

A Venise. Philippe Strozzi, dans son cabinet.

Philippe J'en étais sûr. — Pierre est en correspondance avec le roi de France — le voilà à la tête d'une espèce d'armée, et prêt à mettre le bourg à feu et à sang. C'est donc là ce qu'aura fait ce pauvre nom de Strozzi, qu'on a respecté si longtemps ! — il aura produit un rebelle et deux ou trois massacres. — O ma Louise ! Tu dors en paix sous le gazon — l'oubli du monde entier est autour de toi comme en toi, au fond de la triste vallée où je t'ai laissée. (On frappe à la porte.) Entrez.

Entre Lorenzo.

Lorenzo Philippe, je t'apporte le plus beau joyau de ta couronne.

Philippe Qu'est-ce que tu jettes là ? une clef ?

Lorenzo Cette clef ouvre ma chambre, et dans ma chambre est Alexandre de Médicis, mort de la main que voilà.

Philippe Vraiment ! vraiment ! — cela est incroyable.

Lorenzo Crois-le si tu veux. — Tu le sauras par d'autres que par moi.

Philippe (prenant la clef) Alexandre est mort ! — cela est-il possible ?

Lorenzo Que dirais-tu, si les républicains t'offraient d'être duc à sa place ?

Philippe Je refuserais, mon ami.

Lorenzo Vraiment ! vraiment ! — cela est incroyable.

Philippe Pourquoi ? — cela est tout simple pour moi.

Lorenzo Comme pour moi de tuer Alexandre. — Pourquoi ne veux-tu pas me croire ?

Philippe O notre nouveau Brutus ! je te crois et je t'embrasse. — La liberté est donc sauvée ! — Oui, je te crois, tu es tel que tu me l'as dit. Donne-moi ta main. — Le duc est mort ! — ah ! il n'y a pas de haine dans ma joie — il n'y a que l'amour le plus pur, le plus sacré pour la patrie, j'en prends Dieu à témoin.

Lorenzo Allons, calme-toi — il n'y a rien de sauvé que moi, qui ai les reins brisés par les chevaux de l'évêque de Marzi.

Philippe N'as-tu pas averti nos amis ? N'ont-ils pas l'épée à la main à l'heure qu'il est ?

Lorenzo Je les ai avertis ; j'ai frappé à toutes les portes républicaines, avec la constance d'un frère quêteur — je leur ai dit de frotter leurs épées, qu'Alexandre serait mort quand ils s'éveilleraient. — Je pense qu'à l'heure qu'il est ils se sont éveillés plus d'une fois, et rendormis à l'avenant. — Mais, en vérité, je ne pense pas autre chose.

Philippe As-tu averti les Pazzi ? — L'as-tu dit à Corsini ?

Lorenzo A tout le monde — je l'aurais dit, je crois, à la lune, tant j'étais sûr de n'être pas écouté.

Philippe Comment l'entends-tu ?

Lorenzo J'entends qu'ils ont haussé les épaules, et qu'ils sont retournés à leurs dîners, à leurs cornets* et à leurs femmes.

* *A leurs cornets à dés, à leurs jeux.*

Philippe Tu ne leur as donc pas expliqué l'affaire ?

Lorenzo Que diantre voulez-vous que j'explique ? — Croyez-vous que j'eusse une heure à perdre avec chacun d'eux ? Je leur ai dit : préparez-vous, et j'ai fait mon coup.

Philippe Et tu crois que les Pazzi ne font rien ? — qu'en sais-tu ? — Tu n'as pas de nouvelles depuis ton départ, et il y a plusieurs jours que tu es en route.

Lorenzo Je crois que les Pazzi font quelque chose ; je crois qu'ils font des armes dans leur antichambre, en buvant du vin du Midi de temps à autre, quand ils ont le gosier sec.

Philippe Tu soutiens ta gageure ; ne m'as-tu pas voulu parier ce que tu me dis là ? Sois tranquille, j'ai meilleure espérance.

Lorenzo Je suis tranquille, plus que je ne puis dire.

Philippe Pourquoi n'es-tu pas sorti la tête du duc à la main ? Le peuple t'aurait suivi comme son sauveur et son chef.

Lorenzo J'ai laissé le cerf aux chiens — qu'ils fassent eux-mêmes la curée.

Philippe Tu aurais déifié les hommes, si tu ne les méprisais.

Lorenzo Je ne les méprise point, je les connais. Je suis très persuadé qu'il y en a très peu de très méchants, beaucoup de lâches, et un grand nombre d'indifférents. Il y en a aussi de féroces, comme les habitants de Pistoie, qui ont trouvé dans cette affaire une petite occasion d'égorger tous leurs chanceliers en plein midi, au milieu des rues. J'ai appris cela il n'y a pas une heure.

Philippe Je suis plein de joie et d'espoir ; le cœur me bat malgré moi.

Lorenzo Tant mieux pour vous.

Philippe Puisque tu n'en sais rien, pourquoi en parles-tu ainsi ? Assurément tous les hommes ne sont pas capables de grandes choses, mais tous sont sensibles aux grandes choses ; nies-tu l'histoire du monde entier ? Il faut sans doute une étincelle pour allumer une forêt, mais l'étincelle peut sortir d'un caillou, et la forêt prend feu. C'est ainsi que l'éclair d'une seule épée peut illuminer tout un siècle.

Lorenzo Je ne nie pas l'histoire, mais je n'y étais pas.

Philippe Laisse-moi t'appeler Brutus ! Si je suis un rêveur, laisse-moi ce rêve-là. O mes amis, mes compatriotes ! vous pouvez faire un beau lit de mort au vieux Strozzi, si vous voulez !

Lorenzo Pourquoi ouvrez-vous la fenêtre ?

Philippe Ne vois-tu pas sur cette route un courrier qui arrive à franc étrier ? Mon Brutus ! Mon grand Lorenzo ! la liberté est dans le ciel ! je la sens, je la respire.

Lorenzo Philippe ! Philippe ! point de cela — fermez votre fenêtre — toutes ces paroles me font mal.

Philippe Il me semble qu'il y a un attroupement dans la rue ; un crieur lit une proclamation. Holà, Jean, allez acheter le papier de ce crieur.

Lorenzo O Dieu ! ô Dieu !

Philippe Tu deviens pâle comme un mort. Qu'as-tu donc !

Lorenzo N'as-tu rien entendu ?

Un domestique entre, apportant la proclamation.

Philippe Non ; lis donc un peu ce papier, qu'on criait dans la rue.

Lorenzo (lisant) « A tout homme, noble ou roturier, qui tuera Lorenzo de Médicis, traître à la patrie et assassin de son maître, en quelque lieu et de quelque manière que ce soit, sur toute la surface de l'Italie, il est promis par le conseil des Huit à Florence : 1° quatre mille florins d'or sans aucune retenue ; 2° une rente de cent florins par an, pour lui durant sa vie, et ses héritiers en ligne directe après sa mort ; 3° la permission d'exercer toutes les magistratures, de posséder tous les bénéfices et privilèges de l'État, malgré sa naissance s'il est roturier ; 4° grâce perpétuelle pour toutes ses fautes, passées et futures, ordinaires et extraordinaires. »

Signé de la main des Huit.

Eh bien, Philippe, vous ne vouliez pas croire tout à l'heure que j'avais tué Alexandre ? Vous voyez bien que je l'ai tué.

Philippe Silence ! quelqu'un monte l'escalier. Cache-toi dans cette chambre.

Philippe et Lorenzo sortent.

ACTE V SCÈNE III

Florence. Une rue. Entrent deux gentilshommes.

Premier gentilhomme N'est-ce pas le marquis Cibo qui passe là ? Il me semble qu'il donne le bras à sa femme ?

Le marquis et la marquise passent.

Deuxième gentilhomme Il paraît que ce bon marquis n'est pas d'une nature vindicative. Qui ne sait pas à Florence que sa femme a été la maîtresse du feu duc ?

Premier gentilhomme Ils paraissent bien raccommodés. J'ai cru les voir se serrer la main.

Deuxième gentilhomme La perle des maris, en vérité ! Avaler ainsi une couleuvre aussi longue que l'Arno, cela s'appelle avoir l'estomac bon.

Premier gentilhomme Je sais que cela fait parler — cependant je ne te conseillerais pas d'aller lui en parler à lui-même ; il est de la première force à toutes les armes, et les faiseurs de calembours craignent l'odeur de son jardin.

Deuxième gentilhomme Si c'est un original, il n'y a rien à dire.

Ils sortent.

SCÈNE IV

Une auberge. Entrent Pierre Strozzi et un messager.

Pierre Ce sont ses propres paroles ?

Le messager Oui, Excellence, les paroles du roi lui-même.

Le messager sort.

Pierre C'est bon.

Le roi de France protégeant la liberté de l'Italie, c'est justement comme un voleur protégeant contre un autre voleur une jolie femme en voyage. Il la défend jusqu'à ce qu'il la viole. Quoi qu'il en soit, une route s'ouvre devant moi, sur laquelle il y a plus de bons grains que de poussière. Maudit soit ce Lorenzaccio, qui s'avise de devenir quelque chose ! Ma vengeance m'a glissé entre les doigts comme un oiseau effarouché ; je ne puis plus rien imaginer ici qui soit digne de moi. Allons faire une attaque vigoureuse au bourg, et puis laissons là ces femmelettes qui ne pensent qu'au nom de mon père, et qui me toisent toute la journée pour chercher par où je lui ressemble. Je suis né pour autre chose que pour faire un chef de bandits.

Pierre sort.

Une place. Florence. L'orfèvre et le marchand de soie, assis

Le marchand Observez bien ce que je dis, faites attention à mes paroles. Le feu duc Alexandre a été tué l'an 1536, qui est bien l'année où nous sommes — suivez-moi toujours. — Il a donc été tué l'an 1536, voilà qui est fait. Il avait vingt-six ans ; remarquez-vous cela ? Mais ce n'est encore rien ; il avait donc vingt-six ans, bon. Il est mort le 6 du mois ; ah ! ah ! saviez-vous ceci ? n'est-ce pas justement le 6 qu'il est mort ? Écoutez maintenant. Il est mort à six heures de la nuit. Qu'en pensez-vous, père Mondella ? voilà de l'extraordinaire, où je ne m'y connais pas. Il est donc mort à six heures de la nuit. Paix ! ne dites rien encore. Il avait six blessures. Eh bien ! cela vous frappe-t-il à présent ? Il avait six blessures, à six heures de la nuit, le 6 du mois, à l'âge de vingt-six ans, l'an 1536*. Maintenant, un seul mot — il avait régné six ans.

** Selon le calendrier julien, en vigueur jusqu'en 1582, Alexandre est mort en 1536. En traduisant selon le calendrier grégorien (le nôtre), sa mort date du 6 janvier 1537.*

L'orfèvre Quel galimatias me faites-vous là, voisin ?

Le marchand Comment ! comment ! vous êtes donc absolument incapable de calculer ? vous ne voyez pas ce qui résulte de ces combinaisons surnaturelles que j'ai l'honneur de vous expliquer ?

L'orfèvre Non, en vérité, je ne vois pas ce qui en résulte.

Le marchand Vous ne le voyez pas ? Est-ce possible, voisin, que vous ne le voyiez pas ?

L'orfèvre Je ne vois pas qu'il en résulte la moindre des choses. A quoi cela peut-il nous être utile ?

Le marchand Il en résulte que six Six ont concouru à la mort d'Alexandre. Chut ! ne répétez pas ceci comme venant de moi. Vous savez que je passe pour un homme sage et circonspect ; ne me faites point de tort, au nom de tous les saints ! La chose est plus grave qu'on ne pense, je vous le dis comme à un ami.

L'orfèvre Allez vous promener ! je suis un homme vieux, mais pas encore une vieille femme. Le Côme arrive aujourd'hui, voilà ce qui résulte le plus clairement de notre affaire, il nous est poussé un beau dévideur de paroles dans votre nuit de six Six. Ah ! mort de ma vie ! cela ne fait-il pas honte ? Mes ouvriers, voisin, les derniers de mes ouvriers, frappaient avec leurs instruments sur les tables, en voyant passer les Huit, et ils leur criaient : « Si vous ne savez ni ne pouvez agir, appelez-nous, qui agirons. »

Le marchand Il n'y a pas que les vôtres qui aient crié ; c'est un vacarme de paroles dans la ville, comme je n'en ai jamais entendu, même par ouï-dire.

L'orfèvre Les uns courent après les soldats, les autres après le vin qu'on distribue, et ils s'en remplissent la bouche et la cervelle, afin de perdre le peu de sens commun et de bonnes paroles qui pourraient leur rester.

Le marchand Il y en a qui voulaient rétablir le Conseil, et élire librement un gonfalonier*, comme jadis.

** Magistrat municipal élu, selon l'ancienne Constitution de Florence. Le gonfalonier de justice (qui portait le gonfalon, c'est-à-dire l'étendard) était chargé depuis le XIIIe siècle d'exécuter les décisions de la Seigneurie.*

L'orfèvre Il y en a qui voulaient, comme vous dites, mais il n'y en a pas qui aient agi. Tout vieux que je suis, j'ai été au Marché-Neuf, moi, et j'ai reçu dans la jambe un bon coup de hallebarde. Pas une âme n'est venue à mon secours. Les étudiants seuls se sont montrés.

Le marchand Je le crois bien. Savez-vous ce qu'on dit, voisin ? On dit que le provéditeur, Roberto Corsini, est allé hier soir à l'assemblée des républicains, au palais Salviati.

L'orfèvre Rien n'est plus vrai. Il a offert de livrer la forteresse aux amis de la liberté, avec les provisions, les clefs, et tout le reste.

Le marchand Et il l'a fait, voisin ? est-ce qu'il l'a fait ? c'est une trahison de haute justice.

L'orfèvre Ah bien, oui ! on a braillé, bu du vin sucré, et cassé des carreaux ; mais la proposition de ce brave homme n'a seulement pas été écoutée. Comme on n'osait pas faire ce qu'il voulait, on a dit qu'on doutait de lui, et qu'on le soupçonnait de fausseté dans ses offres. Mille millions de diables ! que j'enrage ! Tenez, voilà les courriers de Trebbio qui arrivent ; Côme n'est pas loin d'ici. Bonsoir, voisin, le sang me démange ! il faut que j'aille au palais.

L'orfèvre sort.

Le marchand Attendez donc, voisin ; je vais avec vous.

Le marchand sort. Entre un précepteur avec le petit Salviati, et un autre avec le petit Strozzi.

Le premier précepteur *Sapientissime doctor**, comment se porte votre Seigneurie ? Le trésor de votre précieuse santé est-il dans une assiette régulière, et votre équilibre se maintient-il convenable, par ces tempêtes où nous voilà ?

* *Très sage docteur.*

Le deuxième précepteur C'est chose grave, Seigneur Docteur, qu'une rencontre aussi érudite et aussi fleurie que la vôtre, sur cette terre soucieuse et lézardée. Souffrez que je presse cette main gigantesque, d'où sont sortis les chefs-d'œuvre de notre langue. Avouez-le, vous avez fait depuis peu un sonnet.

Le petit Salviati Canaille de Strozzi que tu es !

Le petit Strozzi Ton père a été rossé, Salviati.

Le premier précepteur Ce pauvre ébat de notre muse serait-il allé jusqu'à vous, qui êtes homme d'art si consciencieux, si large et si austère ? Des yeux comme les vôtres, qui remuent des horizons si dentelés, si phosphorescents, auraient-ils consenti à s'occuper des fumées peut-être bizarres et osées d'une imagination chatoyante ?

Le deuxième précepteur Oh ! si vous aimez l'art, et si vous nous aimez, dites-nous, de grâce, votre sonnet. La ville ne s'occupe que de votre sonnet.

Le premier précepteur Vous serez peut-être étonné que moi, qui ai commencé par chanter la monarchie en quelque sorte, je semble cette fois chanter la république.

Le petit Salviati Ne me donne pas de coups de pied, Strozzi.

Le petit Strozzi Tiens, chien de Salviati, en voilà encore deux.

Le premier précepteur Voici les vers :

> Chantons la Liberté, qui refleurit plus âpre...

Le petit Salviati Faites donc finir ce gamin-là, monsieur ; c'est un coupe-jarret. Tous les Strozzi sont des coupe-jarrets.

Le deuxième précepteur Allons, petit, tiens-toi tranquille.

	Le petit Strozzi Tu y reviens en sournois ? Tiens, canaille, porte cela à ton père, et dis-lui qu'il le mette avec l'estafilade qu'il a reçue de Pierre Strozzi, empoisonneur que tu es ! Vous êtes des empoisonneurs.
	Le premier précepteur Veux-tu te taire, polisson !
Le premier précepteur frappe le petit Strozzi.	**Le petit Strozzi** Aye ! aye ! il m'a frappé.
	Le premier précepteur Chantons la Liberté, qui refleurit plus âpre, Sous des soleils plus mûrs et des cieux plus vermeils.
	Le petit Strozzi Aye ! aye ! il m'a écorché l'oreille.
	Le deuxième précepteur Vous avez frappé trop fort, mon ami.
Le petit Strozzi rosse le petit Salviati.	**Le premier précepteur** Eh bien ! qu'est-ce à dire ?
	Le deuxième précepteur Continuez, je vous en supplie.
	Le premier précepteur Avec plaisir, mais ces enfants ne cessent pas de se battre.
Les enfants sortent en se battant. Les précepteurs les suivent.	

SCÈNE VI

Venise. Le cabinet de Strozzi. Philippe, Lorenzo, tenant une lettre.	**Lorenzo** Voilà une lettre qui m'apprend que ma mère est morte. Venez donc faire un tour de promenade, Philippe.
	Philippe Je vous en supplie, mon ami, ne tentez pas la destinée. Vous allez et venez continuellement, comme si cette proclamation de mort n'existait pas.
	Lorenzo Au moment où j'allais tuer Clément VII, ma tête a été mise à prix à Rome. Il est naturel qu'elle le soit dans toute l'Italie, aujourd'hui que j'ai tué Alexandre. Si je sortais de l'Italie, je serais bientôt sonné à son de trompe

dans toute l'Europe, et à ma mort, le Bon Dieu ne manquera pas de faire placarder ma condamnation éternelle dans tous les carrefours de l'immensité.

Philippe Votre gaieté est triste comme la nuit ; vous n'êtes pas changé, Lorenzo.

Lorenzo Non, en vérité, je porte les mêmes habits, je marche toujours sur mes jambes, et je bâille avec ma bouche ; il n'y a de changé en moi qu'une misère — c'est que je suis plus creux et plus vide qu'une statue de fer-blanc.

Philippe Partons ensemble ; redevenez un homme. Vous avez beaucoup fait, mais vous êtes jeune.

Lorenzo Je suis plus vieux que le bisaïeul de Saturne — je vous en prie, venez faire un tour de promenade.

Philippe Votre esprit se torture dans l'inaction ; c'est là votre malheur. Vous avez des travers, mon ami.

Lorenzo J'en conviens ; que les républicains n'aient rien fait à Florence, c'est là un grand travers de ma part. Qu'une centaine de jeunes étudiants, braves et déterminés, se soient fait massacrer en vain, que Côme, un planteur de choux, ait été élu à l'unanimité — oh ! je l'avoue, je l'avoue, ce sont là des travers impardonnables, et qui me font le plus grand tort.

Philippe Ne raisonnons point sur un événement qui n'est pas achevé. L'important est de sortir d'Italie ; vous n'avez point encore fini sur la terre.

Lorenzo J'étais une machine à meurtre, mais à un meurtre seulement.

Philippe N'avez-vous pas été heureux autrement que par ce meurtre ? Quand vous ne devriez faire désormais qu'un honnête homme, pourquoi voudriez-vous mourir ?

Lorenzo Je ne puis que vous répéter mes propres paroles : Philippe, j'ai été honnête. — Peut-être le redeviendrais-je, sans l'ennui qui me prend. — J'aime encore le vin et les femmes ; c'est assez, il est vrai, pour faire de moi un débauché, mais ce n'est pas assez pour me donner envie de l'être. Sortons, je vous en prie.

Philippe Tu te feras tuer dans toutes ces promenades.

Lorenzo Cela m'amuse de les voir. La récompense est si grosse, qu'elle les rend presque courageux. Hier, un grand gaillard à jambes nues m'a suivi un gros quart d'heure au bord de l'eau, sans pouvoir se déterminer à m'assommer. Le pauvre homme portait une espèce de couteau long comme une broche ; il le regardait d'un air si penaud qu'il me faisait pitié — c'était peut-être un père de famille qui mourait de faim.

Philippe O Lorenzo ! Lorenzo ! ton cœur est très malade. C'était sans doute un honnête homme ; pourquoi attribuer à la lâcheté du peuple le respect pour les malheureux ?

Lorenzo Attribuez cela à ce que vous voudrez. Je vais faire un tour au Rialto.

Lorenzo sort.

Philippe (seul) Il faut que je le fasse suivre par quelqu'un de mes gens. Holà ! Jean ! Pippo ! holà !

Entre un domestique.

Prenez une épée, vous et un autre de vos camarades, et tenez-vous à une distance convenable du seigneur Lorenzo, de manière à pouvoir le secourir si on l'attaque.

Jean Oui, monseigneur.

Entre Pippo.

Pippo Monseigneur, Lorenzo est mort. Un homme était caché derrière la porte, qui l'a frappé par derrière, comme il sortait.

Philippe Courons vite ! Il n'est peut-être que blessé.

Pippo Ne voyez-vous pas tout ce monde ? Le peuple s'est jeté sur lui. Dieu de miséricorde ! On le pousse dans la lagune.

Philippe Quelle horreur ! quelle horreur ! Eh quoi ! pas même un tombeau ?

Philippe sort.

Florence. La grande place ; des tribunes publiques sont remplies de monde. Des gens du peuple accourent de tous côtés.

Le peuple Vive Médicis ! Il est duc, duc ! il est duc.

Les soldats Gare, canaille !

Le cardinal Cibo (sur une estrade, à Côme de Médicis) Seigneur, vous êtes duc de Florence. Avant de recevoir de mes mains la couronne que le Pape et César m'ont chargé de vous confier, il m'est ordonné de vous faire jurer quatre choses.

Côme Lesquelles, Cardinal ?

Le cardinal Faire la justice sans restriction ; ne jamais rien tenter contre l'autorité de Charles Quint ; venger la mort d'Alexandre, et bien traiter le seigneur Jules et la signora Julia, ses enfants naturels.

Côme Comment faut-il que je prononce ce serment ?

Le cardinal Sur l'Évangile.

Le cardinal présente l'Évangile à Côme.

Côme Je le jure à Dieu — et à vous, Cardinal. Maintenant, donnez-moi la main.

Le cardinal et Côme s'avancent vers le peuple. On entend Côme parler dans l'éloignement.

« Très nobles et très puissants Seigneurs,

Le remerciement que je veux faire à vos très illustres et très gracieuses Seigneuries, pour le bienfait si haut que je leur dois, n'est pas autre que l'engagement qui m'est bien doux, à moi si jeune comme je suis, d'avoir toujours devant les yeux, en même temps que la crainte de Dieu, l'honnêteté et la justice, et le dessein de n'offenser personne, ni dans les biens ni dans l'honneur, et, quant au gouvernement des affaires, de ne jamais m'écarter du conseil et du jugement des très prudentes et très judicieuses Seigneuries auxquelles je m'offre en tout, et recommande bien dévotement. »

« LORENZACCIO »

Le spectacle
d'Otomar Krejča.

LA SCÈNE

Le 3 décembre 1896,
Lorenzaccio *est créé au théâtre de la Renaissance.*

Aucun théâtre n'avait voulu auparavant monter la pièce de Musset (mort en 1857). Pour sa première représentation, l'œuvre de Musset est fortement remaniée par Armand d'Artois, à la demande de Sarah Bernhardt qui sera metteur en scène et interprète de Lorenzo. Le dernier acte est entièrement supprimé, le reste de la pièce est élagué d'une part, « enrichi » ! d'autre part d'épisodes inventés par d'Artois. L'aspect politique de l'œuvre est très estompé ; tout l'intérêt du spectacle repose sur le personnage de Lorenzo : le jeune homme de vingt ans est interprété par une femme de cinquante-deux ans, Sarah Bernhardt. L'interprétation n'est pas ridicule néanmoins : Sarah Bernhardt, dont on ne saurait nier le talent, souligne la dimension « travestie » et la marginalité psychologique du personnage ; mais ce parti pris d'interprétation ne déforme-t-il pas les intentions de Musset* ?

Certains décors s'efforcent d'être réalistes ; on a cherché, par exemple, à reconstituer les façades des boutiques florentines du XVIe siècle. Les costumes sont somptueux ; la critique parle d'une débauche de soie, de brocart, de perles, d'or, de fourrure.

Tandis qu'Alexandre est tout de blanc vêtu, Lorenzo est entièrement paré de soie et de velours noirs discrètement brodés de fils d'or et de pierreries.

** Jusqu'en 1952, date du spectacle de Jean Vilar et de Gérard Philipe (cf. page 139), le rôle de Lorenzo sera traditionnellement interprété par une comédienne.*

Le 4 juin 1927, Lorenzaccio *entre au répertoire de la Comédie-Française.*

Le texte de Musset est adapté et mis en scène par Émile Fabre. La pièce est restructurée en vingt-quatre tableaux groupés en trois parties, et le spectacle dure quatre heures. Certaines répliques sont ajoutées, tandis que les actes 4 et 5 sont très élagués. Pour conserver la multiplicité des lieux sans nuire à la richesse de certains décors*, on a mis au point un système d'alternance ; les moments de la pièce dont le cadre est dépouillé (certaines scènes de rue, par

** Rappelons que Musset avait conçu* Lorenzaccio *comme une « pièce à lire » et qu'il n'a pas tenu compte des problèmes de la mise en scène.*

exemple) sont joués sur l'avant-scène, rideau baissé. Pour les tableaux plus somptueux, le rideau levé laisse apparaître une magnifique toile peinte qui représente Florence au lointain. Successivement, plusieurs châssis en trompe-l'œil transporteront le public dans différents jardins ou palais de la ville. La musique joue un rôle important. De nombreux figurants interprètent les mouvements de foule. Les costumes d'époque sont variés, taillés dans des étoffes vives. On nous offre un grand spectacle historique... Lorenzo est interprété par une femme de quarante-deux ans : Marie-Thérèse Piérat.

En 1952, dans le cadre du Festival d'Avignon, Gérard Philipe, conseillé par Jean Vilar, met en scène Lorenzaccio *et joue lui-même Lorenzo : le personnage de Musset est enfin interprété par un homme.*

La haute muraille du palais des Papes servira de toile de fond à toute la pièce ; au lointain, sa masse de pierre percée de fenêtres gothiques rappellera la dimension historique du drame : l'omniprésence de la Seigneurie florentine... la prise de pouvoir des Médicis. Le spectacle, pour la première fois en plein air, sous un ciel nocturne, traduit bien l'atmosphère des scènes de rues et des mouvements de foule.

Gérard Philipe donne l'impression d'un Lorenzo libertaire que la société a transformé en libertin ; son jeu toutefois est très complexe, très contrasté. Dans le premier acte, par exemple, il souligne les aspects vils et méprisables du personnage ; dans la scène IV en particulier, il grelotte d'horreur à la pensée de se battre ; son évanouissement est tout à fait pitoyable... Plus tard, on le verra danser, bondir, sauter, se rouler par terre.

Le travail de diction du comédien est également très important : c'est par la chaleur de sa voix, le pathétique de ses intonations, le phrasé qui sait traduire l'exaltation sincère que Lorenzo rend le spectateur sensible aux tourments réels

de son âme : on ne peut plus douter de son héroïsme dans la scène avec Philippe Strozzi (acte 5, scène II).
Pour interpréter le rôle, Gérard Philipe est vêtu d'un pourpoint noir à flammes rouges, qui peut être le signe de ses tourments intérieurs ; sur ses épaules flotte une longue cape éclatante, qui s'ouvre et se referme comme une grande fleur. Par contraste, ses jambes gainées de soie grise donnent une impression de mollesse. Il est paré d'un triple collier d'or, de trois bagues et de deux bracelets : signes de raffinement équivoque...
L'ambiguïté apparaît également chez le duc, interprété par Daniel Ivernel, puis repris par Philippe Noiret. Le personnage est un mélange de vulgarité, de dilettantisme, de sauvagerie et d'élégance. Alexandre semble toujours être le miroir déformant de Lorenzo et adapte son jeu à cet effet. En revanche, l'interprétation des autres personnages semble s'appuyer sur un seul registre moins complexe : froideur et intelligence du cardinal Cibo, douleur de Marie, candeur de Catherine, élégance raffinée de la marquise Cibo, fougue et spontanéité de Philippe Strozzi.
La lumière et la musique ont été choisies avec beaucoup de soin : on s'inspira de certaines techniques cinématographiques pour l'éclairage, et l'utilisation de la stéréophonie fut, à l'époque, une innovation.

En 1969, Guy Rétoré nous propose au T.E.P. un spectacle qui souligne l'aspect politique de la pièce.

Pour Rétoré, Musset s'est inspiré du contexte politique de sa propre époque ; *Lorenzaccio* illustre la situation de la France sous la Monarchie de Juillet : après l'échec d'une révolution qui s'est égarée, on peut pressentir une nouvelle action collective marquée par la victoire du peuple. La pièce de Musset souligne l'inefficacité d'une politique individuelle teintée de romantisme.
Le metteur en scène évoque également la dimension historique du contexte florentin qui est la source de la pièce. Les

Ci-contre
Lorenzo dans le spectacle de Jean Vilar et Gérard Philipe.

ennemis d'Alexandre ne s'attaquent pas à un régime mais à un homme qui nuit à leur conception individuelle et égoïste du pouvoir : les Strozzi parlent de république, mais ils rêvent, en fait, d'une forme de gouvernement qui leur accorderait prestige et privilèges. La marquise Cibo veut défendre la cause nationale de Florence, mais son attitude est sentimentale, et son patriotisme se confond, plus ou moins consciemment, avec son amour pour la caste des Cibo. Selon Rétoré, seul le cardinal est lucide et par conséquent apte à l'efficacité, même s'il n'est pas entièrement désintéressé : *« C'est un maître en réalisme politique trempé dans un métal dont on fait les vainqueurs. »*
Cette situation politique a, en fait, une dimension universelle : elle peut être actuelle en tout temps et en tout lieu. Rétoré respecte presque intégralement les trois premiers actes du texte de Musset ; en revanche, il procède à des coupures assez importantes des actes 4 et 5. Il travaille le rythme et l'enchaînement des événements de la pièce pour en souligner le sens politique éternel. Il fait évoluer ses comédiens dans un décor abstrait facilement modifiable : l'espace scénique est tracé par des barres métalliques montées sur roulettes. Les costumes sont gris, noirs ou bruns. Le cadre est tout à fait à l'antithèse d'un beau spectacle éclatant. Lorenzo, à l'image des autres personnages, est dépourvu de charme et de séduction. Gérard Désarte, son interprète, est évoqué par la presse comme *« un physique ingrat, de longs cheveux filasse, un corps maigre et sans vie »*. On parle de *« ses joues creuses, de ses yeux plombés, de ses mains maladives, de ses lèvres pâles »*.
Le duc, Pierre Santini, est caractérisé comme *« un gros viveur à la fois cynique et vulnérable »*.

Ci-contre
Le cardinal Cibo
et la marquise Cibo
dans le spectacle
de Jean Vilar
et Gérard Philipe.

COMÉDIE-FRANÇAISE

Mise en scène de **M. Franco Zeffirelli**, en 1976

Costumes de M. Marcel Escoffier
Réalisation décorative de M. Gianni Quaranta
Musique de M. Maurice Jarre

Interprètes et personnages :

Louis Seigner .... Philippe Strozzi
Jacques Eyser .... Palla Ruccellaï
Michel Etcheverry .... Le cardinal Cibo
René Camoin .... L'orfèvre
Denise Pezzani .... 2e bourgeoise
René Arrieu .... Sire Maurice
Simon Eine .... Alamanno Salviati
François Beaulieu .... Pierre Strozzi
Jean-Luc Boutté .... Alexandre de Médicis
Catherine Salviat .... Louise Strozzi
Claude Giraud .... Scoronconcolo
Marco-Behar .... Bindo Altoviti
Marcel Tristani .... Venturi
Jean-Paul Moulinot ...... Guicciardini
Alberte Aveline .... Catherine Ginori
Gérard Caillaud .... Niccolini
Jean-François Rémi ...... Le marquis Cibo
Dominique Rozan .... Le marchand
Raymond Aquaviva .... Tebaldeo
Françoise Kanel .... 1ère courtisane
Louis Arbessier .... Roberto Corsini

Georges Audoubert	Giomo le Hongrois
Georges Riquier	Le cardinal Baccio Valori
Geneviève Casile	La marquise Cibo
Philippe Rondest	Léon Strozzi
Patrice Kerbrat	Julien Salviati
Gérard Giroudon	Maffio
Francis Huster	Lorenzo de Médicis
Annie Ducaux	Marie Soderini

Élèves :

Stéphane Garcin	Thomas Strozzi
Cyrille Artaux	Côme de Médicis

Lorenzo et Tebaldeo.

à partir d'un entretien avec **Francis Huster**, interprète de Lorenzo.

Sur un plan général, quelle est la conception scénique de Zeffirelli ? Comment utilise-t-il le plateau, les décors ? Comment fait-il jouer les comédiens ?

Il y a deux façons de faire du théâtre :
On peut considérer une pièce comme un ensemble homogène, une symphonie où chaque instrument a son importance mais où le tout forme un bloc. Dans ce type de mise en scène, où l'on peut faire intervenir des décors monumentaux, l'aspect visuel et l'atmosphère d'ensemble sont très importants, mais aucun comédien ne se détache vraiment en solo.
La deuxième façon, qui est celle de Zeffirelli, privilégie au contraire l'acteur, donne à la mise en scène un aspect aérien qui met le texte en relief par de simples éléments de décors. Quand on lit une pièce de théâtre, on ne lit pas une bande dessinée. On peut donc penser que si le texte se suffit à lui-même à la lecture, il en est de même pour la parole, lors de la représentation.
D'où au théâtre cette constante balance entre, d'un côté, une interprétation scénique qui peut être très visuelle, et, de l'autre côté, des numéros d'acteurs. Au même titre, il y a une différence entre le rugby qui est un sport d'équipe et l'athlétisme qui est un sport individuel. Ils sont aussi beaux l'un que l'autre.

Comment Zeffirelli a-t-il adapté cette conception scénique à Lorenzaccio *?*

Le spectacle a été conçu en 1976 à la Comédie-Française, c'est-à-dire pour un théâtre à l'italienne* : cela imposait une conception du plateau qui devait faire profiter le spectateur de l'espace qui s'ouvrait devant lui, et forçait les comédiens à un jeu frontal. Le décor, par ailleurs, n'était pas Un décor mais Des décors : une suite de tableaux qui s'inscrivait en fait dans une sorte d'absence de décor.

* *Dans l'architecture à l'italienne, la scène se trouve en face de la salle où sont placés les spectateurs. (Le théâtre en rond dispose le public autour de la scène.)*

Pouvez-vous expliciter cette conception, paradoxale, du décor ?

Dès l'instant où il ne peut pas servir l'imagination du spectateur, où il ne lui permet pas de « s'envoler », le décor n'existe pas. Et la suite des éléments, la succession de ces tableaux vivants conçus par Zeffirelli équivalait à cette absence. Un seul décor, par son occupation de la scène et la projection qu'on pouvait s'en faire à l'intérieur de soi-même, aurait défini quelque chose. Or, pour Zeffirelli, il s'agissait au contraire de laisser transparaître une atmosphère d'époque sans faire un « décorum ».

Comment Zeffirelli vous a-t-il demandé de jouer Lorenzo ?

Il m'a beaucoup parlé de sa conception de la pièce. J'ai assisté à toutes les répétitions dans le rôle de Tebaldeo. Puis j'ai dû remplacer Claude Rich et jouer Lorenzo. Zeffirelli devait repartir pour l'Italie et il m'a simplement dit : « Lorenzo est un tigre qui se prend pour un oiseau. » Cette phrase a été pour moi plus importante que trois cents pages sur le psychisme du personnage.

En faire l'analyse n'est pas important pour vous ?

Ce qui est important pour un acteur, c'est de trouver non pas des raisons intellectuelles d'interpréter un personnage, mais des raisons — et surtout des possibilités — physiques. Je me suis demandé comment Lorenzo marchait, combien il pesait, ce qu'il mangeait, ce qu'il buvait, quelle était la vitesse de sa parole, pourquoi il faisait des phrases courtes ou pourquoi il faisait tout à coup des phrases très longues.

Comment avez-vous joué physiquement ce tigre qui se prend pour un oiseau ?

Comme un tigre, Lorenzo devait par son corps faire peur : les spectateurs s'attendaient à ce qu'il bondisse. Il devait également avoir la souplesse érotique et la sensualité du fauve. Mais en même temps — comme il se prenait pour un oiseau — il ne fallait pas que la sonorité de sa phrase soit onctueuse et souple comme le tigre mais qu'elle s'envole,

Alexandre de Médicis
et Giomo.

qu'elle parte vers le haut, qu'elle soit pure. Et c'est dans la différence entre l'animalité visuelle et l'audition purificatrice que pouvait véritablement s'installer le personnage.

Quelle est l'originalité de cette interprétation ?

Elle a sa source dans la perception de Zeffirelli pour qui *Lorenzaccio* est une pièce sur une ville, une pièce sur Florence, une pièce à la fois sur l'ombre et la lumière*. J'ai donc essayé, à l'intérieur de cette vision florentine décadente, de jouer un Lorenzo qui par ses zones d'ombre pouvait toucher la pureté. Il y a toujours dans un personnage, qu'il soit un monstre ou un héros pur, des zones d'ombre et de lumière ; et ce qui m'intéresse en tant qu'acteur, ce sont les zones d'ombre. C'est pour cette raison que j'ai choisi pour jouer Lorenzo un costume noir, complètement râpé, simplement retenu, par endroits, par des bouts de lacets.

** La lumière désigne les apparences, les évidences, la limpidité, alors que l'ombre caractérise les états complexes, sous-jacents, boueux.*

Comment cette interprétation tenait-elle compte des autres personnages de la pièce ?

Quand une pièce s'appelle *Lorenzaccio*, quand elle s'appelle *Othello*, *Hamlet* ou *Richard III**, quand elle porte le héros à son sommet, les véritables facettes de ce héros apparaissent chez les autres. Ainsi, pour comprendre le personnage de Lorenzaccio, ce n'est pas à l'intérieur de son texte qu'on peut en puiser le fondement, mais chez les autres protagonistes du drame. C'est par leur accompagnement, à travers leur regard qu'on apprend qui est Lorenzo. C'est dans ce que dit Strozzi, dans ce que dit sa mère, ce que dit sa sœur, dans ce que dit et surtout dans ce que ne dit pas Alexandre, qu'on découvre où se situe Lorenzo.

** Drames de Shakespeare.*

Quels ont alors été vos rapports, en tant qu'acteur, avec le texte de Lorenzo ?

Étant donné qu'on ne connaît pas l'avis de Musset sur Lorenzo et la multiplicité des interprétations depuis la création de la pièce, il est difficile de définir la véritable racine intellectuelle du personnage. Par contre, les possibilités sentimentales sont plus ou moins inscrites dans le texte en fonction de la vision du metteur en scène. Elles tournent d'ailleurs toujours autour d'un même schéma : à partir de quel moment le personnage est-il vérité ? Quand est-il mensonge ? Pense-t-il ce qu'il dit ? Cache-t-il ce qu'il pense ? L'acteur doit donc se servir du texte pour comprendre non pas qui il est, mais pourquoi il peut dire ce texte. Ainsi, la phrase de Zeffirelli : « Le tigre qui se prend pour un oiseau », me suffisait pour interpréter le rôle.

Mis à part cette phrase de Zeffirelli — le tigre qui se prend pour un oiseau — qu'est-ce qui vous a guidé pour interpréter votre rôle ?

Chaque fois que j'entrais en scène, j'étais rempli de trois choses : l'amour physique pour Alexandre, la réflexion politique et la mort.

Comment avez-vous joué l'amour physique pour Alexandre ?

D'une façon totalement homosexuelle, totalement sensuelle : chaque geste, chaque regard, chaque respiration même de l'air était fondé dans ce registre-là.

Et la réflexion politique ?

Elle se caractérisait par une arrogance dans le phrasé de Lorenzo, une espèce de distanciation et de dégoût profond pour la lâcheté politique de tous les autres personnages. Louis Seigner en Philippe Strozzi m'a beaucoup aidé, car c'est un acteur qui a énormément de sang-froid. J'ai senti en face de moi un Strozzi certes très socialiste, mais parallèlement très roublard, très « j'ai tout vu, j'ai tout vécu ». Et ce sang-froid de Louis Seigner me permettait dans la scène III de l'acte 3, au milieu de cette arrogance politique, de ce côté « dictateur en puissance » de Lorenzo (car que serait devenu Lorenzo s'il avait eu le pouvoir ?), de jouer la faiblesse, l'ombre, la rupture.

Quel était votre jeu à ce moment-là ?

Sur la dernière phrase de ce discours politique gonflé d'arrogance, je craquais physiquement et je pleurais comme

Lorenzo et
Alexandre de Médicis.

une petite fille. Cette attitude me permettait de maintenir le doute dans la deuxième partie de la pièce ; on ne savait plus alors si le personnage irait jusqu'au bout de son crime, alors qu'une force terrible dans son comportement aurait supprimé tout suspense.

Et la mort, comment s'incarnait-elle ?

Lorenzo a le goût de la mort dans la bouche et il s'en gave. Alors, dans la scène II de l'acte 2, j'embrassais Tebaldeo parce qu'il représente la mort de Lorenzo : il incarne tout ce qu'il était, tout ce qu'il aurait pu être, tout ce qu'il n'est plus. Or, deux hommes s'embrassant sur la scène du Français et en direct à la télévision*, avaient quelque chose de choquant pour le spectateur. Et ce choc sensoriel provoquait en lui un malaise, un sentiment morbide et scandaleux qui revient au même que le scandale de l'homme qui mord sa propre mort.

Comment avez-vous joué l'assassinat du duc ?

A partir du moment où Lorenzo, de son épée, transperce Alexandre, la retire, il devient physiquement par transfert, comme saint Sébastien, transpercé. Et tout son sang et toute cette mort sortent de lui. J'étais alors tétanisé, je bandais mes muscles de manière à avoir un apport d'adrénaline tel que le phrasé du personnage soit complètement blanc, que ses gestes soient inéluctables, qu'il devienne un spectre vivant pour la dernière partie de la pièce.

Quel a été votre jeu avec les personnages que nous n'avons pas évoqués, avec les femmes en particulier ?

Je n'avais aucun rapport, car je ne les voyais pas. Lorenzo est un personnage jeune, écrit par un Musset jeune. Or la force et la faiblesse de la jeunesse, dans ce qu'elle a d'outrageant et d'outrecuidant, c'est d'être bornée, intuitive et forcenée, ce qui l'empêche de tout voir. C'est parce qu'il ne voit pas tout que Rodrigue va combattre les Maures, qu'Alceste ira dans son désert et que Lorenzo sera assassiné. Alors, quand on interprète Rodrigue, Alceste ou

** Le spectacle a été retransmis en Eurovision.*

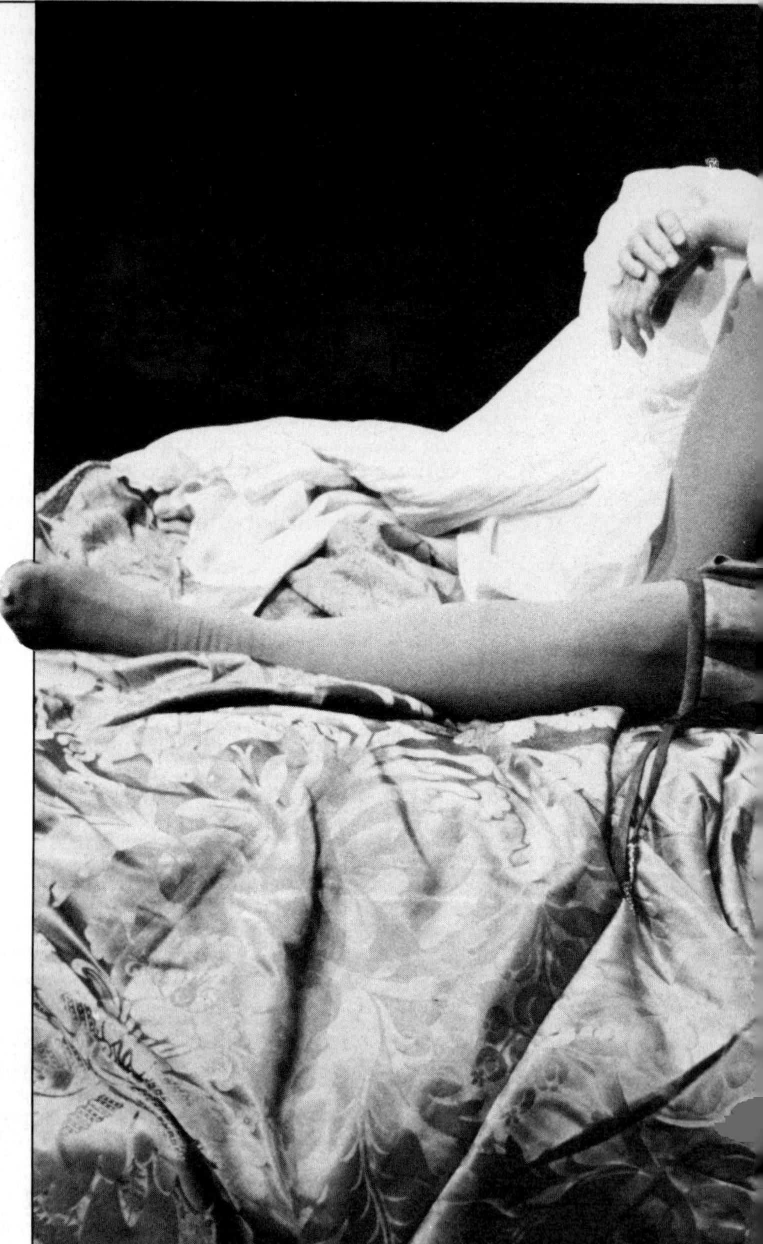

Alexandre de Médicis
et la marquise Cibo.

Lorenzaccio, il faut avoir le courage de ne pas tout voir, ce qui veut dire être carrément aveugle à certains personnages et leur répondre comme la jeunesse répond aux gens qu'elle ne voit pas. C'est ce que j'ai essayé de faire dans mon interprétation. Lorenzo parlait dans ces moments-là d'une façon tout à fait particulière. Son timbre de voix montait ou descendait.

Quelle est l'actualité de Lorenzaccio *?*

Nous nous trouvons dans une époque de décadence et de révolte, dans une époque où l'individualité a été ratatinée et où on a cru que la pureté et la beauté pouvaient être l'apanage d'une « cellule », d'un travail de groupe. Or le cri de Lorenzaccio est clair : l'individu seul peut agir pour sauver la masse comme un Christ ou un autre Messie, tout en sachant qu'il ne sauvera rien. Et c'est ça qui est beau. Nous aussi, nous savons que nous n'arriverons pas à sauver quoi que ce soit. On rencontre parmi les jeunes de notre époque des Lorenzo. Comme tous les grands héros de la littérature dramatique, ils savent qu'ils ne changeront rien, que leur acte ne changera pas le monde, mais ils agissent quand même. C'est en cela que *Lorenzaccio* est une pièce pour notre époque et qu'elle est sublime.

Ci-contre Lorenzo.

FESTIVAL D'AVIGNON

Mise en scène d'**Otomar Krejča**, en 1979
Décors, costumes, masques : Jan Koblasa
Assistant à la mise en scène : Stéphane Verrue

La première de ce spectacle a eu lieu le 16 juillet 1979, dans la cour d'honneur du Palais des Papes à Avignon.

Interprètes et personnages :

Michel Bawedin .... Maffio ; un citoyen
Christine Boisson .... Catherine
André Burton .... Scoronconcolo ; un banni ; un citoyen ; un étudiant
Jacques Cappelle .... Giomo
Philippe Caubère .... Lorenzo de Médicis
Serge Cogels .... Un soldat ; un banni
Nicole Colchat .... Marie
Yves Marie Costadau .... Un soldat ; un banni
Christian Crahay .... Sire Maurice
Pierre Decraen .... Un soldat
Patrick Donnay .... Thomas Strozzi ; un étudiant
Caroline Ducrocq .... Une dame de Cour
Philippe Dupont .... Marquis Cibo
Colette Emmanuelle .... Ricciarda Cibo
Claude Evrard .... Philippe Strozzi
Yves Gerbaulet .... Pierre Strozzi
Thomas Hutereau .... Le petit Salviati ; un citoyen ; un banni ; un étudiant
José Jolet .... Cardinal Valori
Robert Lemaire .... Roberto Corsini

André Lenaerts	Cardinal Cibo
Christian Léonard	Julien Salviati
Roberto Ollivero	Un soldat
Jean-Marie Pétiniot	Le marchand ; le poète ; Venturi ; un des Huit ; un banni ; un moine ; un Strozzi
Bruno Raffaelli	Duc Alexandre de Médicis
Françoise Rigal	Louise Strozzi
Jean-Marie Schwanen	Léon Strozzi ; un banni ; un citoyen ; un étudiant
Patrick Sluys	Un étudiant ; Tebaldeo
Léon van der Beken	Un soldat ; un banni
Vital Vankriekinge	Un soldat ; un banni
Anne Van Rymenam	Gabrielle ; une dame de Cour
Stéphane Verrue	Un médecin ; un banni ; un étudiant ; un citoyen ; un serviteur ; un des Huit
Gérard Vivane	L'orfèvre ; l'historien ; Bindo ; un des Huit ; un banni ; un moine ; un Strozzi

Vue d'ensemble
des décors.

à partir d'un entretien avec **Philippe Caubère**, interprète de Lorenzo.

Lorenzaccio fait partie *de ces drames complexes qu'il est difficile de mettre en scène sans parti pris. Quelle dimension de la pièce Krejča a-t-il soulignée dans son spectacle ?*

Krejča a souligné l'aspect politique de la pièce. Son spectacle montre une ville à l'état de putréfaction. *Lorenzaccio* est l'histoire d'une société en train de se décomposer.

Qu'a-t-il fait des magnifiques décors suggérés par le texte : Florence et ses palais ?

La conception du plateau, les décors ne représentent absolument pas Florence. Krejča a supprimé le cadre historique de la pièce pour donner au texte de Musset un sens métaphysique.

C'est-à-dire ?

Lorenzaccio est l'histoire de n'importe quelle ville de l'univers qui se trouve dans la situation politique de Florence, quelle que soit l'époque.

Le cadre de la pièce a-t-il été stylisé en fonction de cette dimension politique universelle ?

Toute l'action dialoguée, c'est-à-dire le texte de Musset, se joue sur un plateau grossièrement taillé dans du bois ; ses contours sont irréguliers ; ils sont étrangement découpés et font penser à une carte de géographie ; mais on ne peut pas l'identifier : Florence devient ainsi un lieu tout à fait abstrait.

Et les changements de lieu ?

Les éléments du décor sont formés de praticables, sortes de blocs de bois carrés ou rectangulaires, qu'au cours du spectacle, on pourra déplacer, joindre, superposer... comme les pièces d'un grand jeu de construction. La disposition variable de ces blocs servira de cadre aux différentes actions de la pièce.

Ci-contre Lorenzo.

Cette conception est-elle la négation d'un spectacle esthétique ?

Krejča déteste l'esthétisme ; pour lui, la beauté au théâtre, c'est la vérité. Il a conçu *Lorenzaccio* dans cet esprit.

Comment débute le spectacle ? Comment apparaissent les personnages ?

Au début, tous les personnages arrivent sur le plateau. Ils sont vêtus d'un costume de base : collants et maillots. Ils vont se placer sur la carte de la ville. Çà et là sont disposés, sur les praticables, des vêtements, des masques, des marottes (sorte de longs bâtons). L'un des comédiens (on s'apercevra par la suite que c'est Lorenzo) ramasse une marotte et frappe le plateau. A ce signal, devant le public, tous les comédiens s'habillent ; la plupart se couvrent le visage d'un masque. Le carnaval commence...

Quel est le sens de ce carnaval par rapport au texte de Musset ? Pourquoi est-ce Lorenzo qui donne le signal ?

Le spectacle de Krejča est complètement désespéré ; le drame social de la ville est théâtralisé par un carnaval funèbre. Krejča a inversé les scènes I et II de l'acte 1. La pièce commence par le bal chez les Strozzi : les comédiens masqués dansent en chantant une sorte de bourrée tout à fait dépourvue de grâce et d'harmonie. De part et d'autre du plateau, le marchand de soieries et l'orfèvre (eux ne portent pas de masque) désignent les principaux personnages, tout en évoquant l'ambiance politique dans laquelle va se dérouler la pièce, à partir de la rivalité entre les Médicis et les Strozzi. Lorenzo, en donnant le signal, annonce qu'il va être « le maître du jeu » de toute la pièce.

Pourquoi « le maître du jeu » ?

Par ce coup de marotte, Lorenzo ouvre le carnaval qui gouvernera tout le drame, il inaugure l'action : tous les aspects de la pièce seront fortement théâtralisés. (Un carnaval est toujours une théâtralisation de la vie.) Lorenzo sera le principal acteur.
Pendant les scènes où il ne joue pas, il reste là : il est debout ou assis quelque part comme le maître, l'organisateur

qui observe, parfois comme un témoin. Lorenzo est la conscience de toute la pièce.

Pouvez-vous donner un exemple de cette théâtralisation ? ?

Dans cette ville grouillante et pourrissante, chacun se sent prisonnier ; on est à la fois épié et encerclé.
Lorsque les personnages participent à l'action dialoguée, lorsqu'ils jouent une scène du texte de Musset, ils portent leur masque de carnaval : masque fabuleux, souvent hideux, représentant quelque animal mythologique ou monstrueux. Lorsque les comédiens ne participent pas à l'action dialoguée, ils se retirent dans une zone d'ombre bleu foncé qui encercle la ville.

Pourquoi cette présence permanente de tous les comédiens ?

Lorsqu'ils ne jouent pas, lorsqu'ils ne sont pas acteurs de ce carnaval qui s'effrite au rythme de la pièce, les personnages restent figés comme des statues : ils sont espions ou témoins de l'action en train de se jouer. Dans cette zone d'observation, les comédiens enlèvent leur masque de carnaval pour le remplacer par un masque blanc ou transparent, reproduction théâtrale de leur propre visage.

Comment le thème du double est-il traité dans ce spectacle ?

Lors de la création du spectacle, Krejča avait imaginé un personnage qui accompagnait Lorenzo en permanence, comme une ombre.
A Avignon, Krejča a supprimé cette présence. En fait, Lorenzo se dédouble à travers plusieurs personnages : Tebaldeo est sa pureté passée, Scoronconcolo son action à venir ; le vieux Strozzi est sans doute son image de l'usure. Ces doubles sont à la fois ses illusions et ses amis.

Et Alexandre ?

Le duc est le double de Lorenzo par sa dimension contraire. Cet énorme mammouth contraste avec la fragilité physique de Lorenzo ; c'est bien « le sanglier et la puce » qu'évoque Musset dans l'acte 3, scène II.

Le cardinal Cibo.

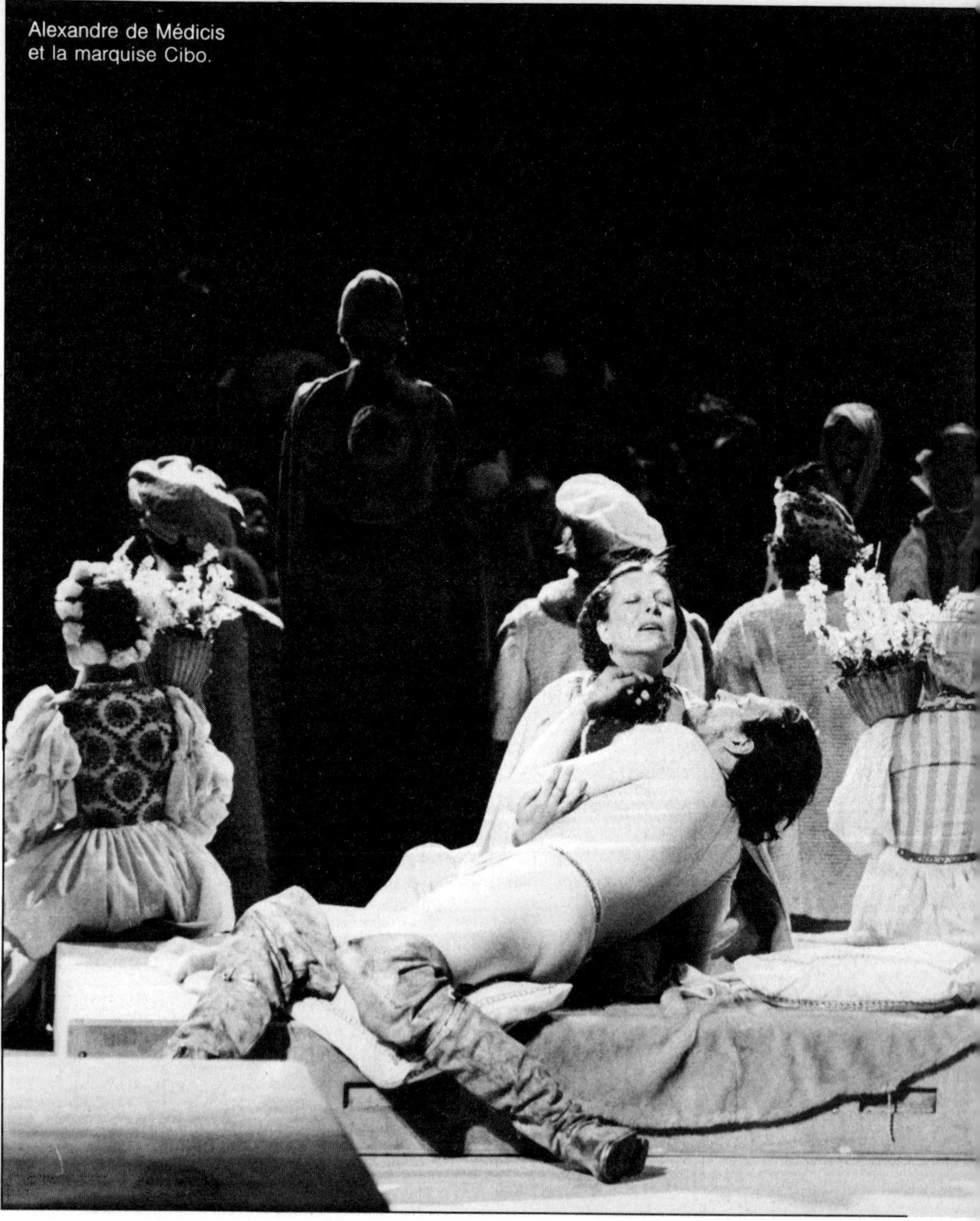

Alexandre de Médicis
et la marquise Cibo.

Comment apparaissent les rapports entre Lorenzo et le duc ?

Krejča a coupé toutes les expressions du texte qui pouvaient avoir un sens érotique ambigu. Il n'y a aucun rapport homosexuel entre Alexandre et Lorenzo. Il existe entre les deux hommes des liens de franche camaraderie ; ils boivent ensemble, font la fête, ce sont deux copains. Lorsque Lorenzo tue le duc, il tue son double, son ami ; c'est peut-être aussi une sorte de père.

Pourquoi ce parti pris ?

Krejča n'a absolument pas traité le personnage d'Alexandre avec mépris. Pour lui, le duc est au pouvoir par hasard ; il est là parce qu'on l'y a mis ; et il en profite, mais il est innocent.
Krejča a traité Alexandre avec autant de sympathie que Lorenzo. Le duc est un viveur, un jouisseur ; Lorenzo est un intellectuel.

Et le cardinal ?

C'est l'éminence grise ; son rôle est théâtralisé par un jeu extrêmement froid. Il manipule la marquise comme une marionnette.

Comment se comporte la marquise avec Alexandre ?

Elle a un tempérament très sensuel ; ses rapports avec le duc sont très physiques, mais son amour pour Florence est tout à fait pathétique.

Les mouvements, les déplacements des comédiens sont très importants dans ce spectacle : pouvez-vous en parler ?

Les scènes de foule sont très accentuées par le comportement gestuel des personnages et les sons qu'ils émettent : sortes de cris étouffés, de rires et de sanglots qui se mélangent de façon discordante. Florence est une ville grouillante qui, par instants, se fige. Les comédiens forment une masse populaire, politique, chrétienne, qui bouge et par instants se métamorphose en statues : tout se tait, la ville s'immobilise pour laisser voir « ses dessous ».

Comment apparaît Lorenzo en tant que héros révolutionnaire ?

C'est un révolutionnaire désespéré mais pur. Son geste politique est prévu, calculé, nécessaire ; mais le complot échoue, tout le monde abandonne. Lorenzo a accompli sa mission, mais son acte a été solitaire, il n'a plus qu'à se suicider.

L'aspect désespéré de la pièce se reflète-t-il dans les couleurs des costumes, l'utilisation de la lumière ?

Des lumières blanches aveuglantes accentuent la théâtralité de certaines scènes. Un éclairage vert et glauque baigne d'eau trouble d'autres moments de la pièce. Les costumes sont très stylisés. Ils sont utilisés comme des pancartes. Ils représentent la fonction des différents personnages. Les couleurs sont hideuses.

Le dénouement de ce spectacle est particulièrement original : pouvez-vous l'évoquer ?

Au moment où Lorenzo tue le duc sous un dais, la silhouette du cardinal surgit en pleine lumière au lointain ; dès cet instant, par sa place et son attitude, Cibo semble prendre la situation en main. Plus tard, à la fin de l'acte 5, sous la pression du cardinal, Côme de Médicis est appelé par les Huit à régner sur Florence ; on apporte un tapis, on le déroule ; apparaît alors le corps d'Alexandre qui était enveloppé dans ce linceul. Le corps se redresse, on l'habille d'un costume princier : Côme est la métamorphose d'Alexandre. C'est toujours un Médicis qui gagne la tribune d'où il s'adresse à la foule : une nouvelle dictature s'annonce, rien n'a changé.
Aux pieds de Côme, Lorenzaccio est assis, ou plutôt un autre Lorenzo dont le visage est reproduit par un masque blanc : rien n'est terminé, le carnaval du début peut recommencer. Ainsi s'achève le spectacle de Krejča.

Ci-contre Lorenzo.

BIBLIOGRAPHIE

OUVRAGES D'INTÉRÊT SOCIAL ET HISTORIQUE

- Benedetto Varchi, *La storia fiorentina.*

- Lucien Genêt, *Histoire du 19e siècle*, Hatier, 1980.

- Jacques Droz, *De la Restauration à la Révolution, 1815-1848*, A. Colin, U 2.

- Robert Burnand, *La vie quotidienne en France en 1830*, Hachette, 1943.

- Pierre Labracherie, *La vie quotidienne de la bohème littéraire au 19e siècle*, Hachette, 1967.

OUVRAGES SUR LE ROMANTISME ET LA LITTÉRATURE DU 19e SIÈCLE

- Victor Hugo, *Cromwell et Préface de Cromwell*, Garnier — Flammarion, 1968.

- Stendhal, *Racine et Shakespeare*, Garnier — Flammarion, 1970.

- Louis-Verdun Saulnier, *La littérature française du siècle romantique*, P.U.F., 1966.

- Pierre Martino, *L'époque romantique en France*, Hatier, Connaissance des Lettres.

- Maurice Descartes, *Le drame romantique et ses grands créateurs*, 1954.

OUVRAGES SUR ALFRED DE MUSSET

- Pierre Gastinel, *Le romantisme d'Alfred de Musset*, Hachette, 1933.

- Philippe Van Tieghem, *Musset, l'homme et l'œuvre*, Boivin, 1944.

- Jean Pommier, *Variétés sur Alfred de Musset et son théâtre*, Nizet, 1947.

- Henri Lefèbvre, *Alfred de Musset dramaturge*, L'Arche, 1955.

- André Lebois, *Vues sur le théâtre de Musset*, Aubanel, 1966.

- *Alfred de Musset*, Revue *Europe*, n°s 583-584, Nov.-Déc. 1977.

Ouvrages sur *Lorenzaccio*

- Bernard Masson, Lorenzaccio *ou la difficulté d'être*, Lettres modernes, 1968.

- Bernard Masson, *Nouvelles recherches sur* Lorenzaccio, A. Colin, 1974.

- Paul Dimoff, *La genèse de* Lorenzaccio, Didier, 1964.

- Robert Abirached, Lorenzaccio *dans la mise en scène de Guy Rétoré, L'avant-scène*, n° 603.

- *Deux mises en scène d'Otomar Krejča,* Lorenzaccio *et* En attendant Godot, *Cahiers théâtre Louvain*, 41, n° 11.

Œuvres d'Alfred de Musset

- Alfred de Musset, *Œuvres complètes*, Gallimard, Bibliothèque de la Pléiade.

- *Théâtre complet de Musset*, Magnard, 1953.

- Alfred de Musset, *Théâtre complet*, Le Livre de poche, 1964-1965.

- *Œuvres complètes d'Alfred de Musset*, Cercle du bibliophile, 1969.

Table des illustrations

Pages

136-137 .... © Enguerand
141 .... © Agnès Varda
143 .... © Agnès Varda
146-147 .... © Bernand
150-151 .... © Enguerand
154 .... © Angelini
156-157 .... © Bernand
159 .... © Enguerand
162-163 .... © Enguerand
165 .... © Enguerand
168-169 .... © Bernand
170 .... © Enguerand
173 .... © Enguerand

Dépôt légal N° 4897 — Février 1985
Imprimé en France par Pollina, 85400 Luçon - N° 6748

Manufactured by Amazon.ca
Bolton, ON

25457433R00196